HP LOVECRAFT

O HORROR DE DUNWICH

E OUTROS CONTOS

Título original: *The Dunwich Horror*
copyright © Editora Lafonte Ltda. 2023

Todos os direitos reservados. Nenhuma parte deste livro pode ser reproduzida por quaisquer meios existentes sem autorização por escrito dos editores.

Direção Editorial Ethel Santaella

REALIZAÇÃO

GrandeUrsa Comunicação

Direção	Denise Gianoglio
Tradução	Maria Beatriz Bobadilha
Revisão	Luciana Maria Sanches
Capa, Projeto Gráfico e Diagramação	Idée Arte e Comunicação

Dados Internacionais de Catalogação na Publicação (CIP)
(Câmara Brasileira do Livro, SP, Brasil)

```
Lovecraft, Howard Phillips, 1890-1937
    O horror de Dunwich e outros contos / Howard
Phillips Lovecraft ; tradução Maria Beatriz
Bobadilha. São Paulo : Lafonte, 2023.

    Título original: The Dunwich horror
    ISBN 978-65-5870-320-4

    1. Literatura norte-americana I. Título.

23-143804                                    CDD-813
```

Índices para catálogo sistemático:

1. Literatura norte-americana 813

Eliane de Freitas Leite - Bibliotecária - CRB 8/8415

Editora Lafonte
Av. Profª Ida Kolb, 551, Casa Verde, CEP 02518-000, São Paulo-SP, Brasil – Tel.: (+55) 11 3855-2100
Atendimento ao leitor (+55) 11 3855-2216 ou (+55) 11 3855-2213 – atendimento@editoralafonte.com.br
Venda de livros avulsos (+55) 11 3855-2216 – vendas@editoralafonte.com.br
Venda de livros no atacado (+55) 11 3855-2275 – atacado@escala.com.br

HP Lovecraft

O HORROR DE DUNWISH
E OUTROS CONTOS

Tradução
Maria Beatriz Bobadilha

Brasil, 2023

Lafonte

I	O HORROR DE DUNWICH	6
II	A ESTRANHA CASA EM MEIO ÀS NÉVOAS	62
III	A TUMBA	74
IV	ATRAVÉS DOS PORTÕES DA CHAVE DE PRATA	88
V	O ALQUIMISTA	134
VI	O ASSOMBRADOR DAS TREVAS	146

O HORROR DE DUNWICH

Górgonas, Hidras e Quimeras — tenebrosas histórias como a de Celeno e as Harpias — podem se reproduzir na mente supersticiosa, mas sempre estiveram lá. São transcrições, protótipos — arquétipos que estão em nós e serão eternos. De que outra maneira um relato que racionalmente entendemos como ficção poderia afetar todos nós? Será que essas criaturas naturalmente nos apavoram porque as consideramos capazes de nos infligir algum dano físico? Oh, longe disso! Esses temores são mais primitivos. Eles ultrapassam a existência física — isto é, na ausência do corpo, eles ainda seriam os mesmos... O fato de o tipo de medo aqui tratado ser estritamente espiritual — de ele ser intenso apesar de intangível, de ele imperar em nossa infância imaculada — configura um mistério cuja solução nos possibilitaria o entendimento de nossa condição prémundana — ou pelo menos um vislumbre do sombrio mundo da preexistência.

— Charles Lamb,
Bruxas e Outros Temores Noturnos

Capítulo 1

Quando, no centro-norte de Massachusetts, um viajante toma a direção errada no cruzamento da estrada que vai para Aylesbury, logo após a entrada de Dean's Corners, ele se depara com uma região isolada e intrigante.

O terreno fica mais íngreme, e os muros de pedra com espinheiros escorados pressionam cada vez mais os sulcos da estrada poeirenta e sinuosa. As árvores dos frequentes cinturões de mata parecem grande demais, e o mato, a relva e os arbustos ostentam uma exuberância que raramente se encontra em regiões habitadas. Ao mesmo tempo, os terrenos cultivados parecem estranhamente escassos e inférteis; e as esparsas casas exibem um estado de imundície, desgaste e corrosão surpreendentemente uniforme.

Sem saber por quê, as pessoas hesitam em pedir informações às caquéticas e solitárias figuras que por vezes são avistadas em soleiras de portas arruinadas ou nas colinas rochosas. São sujeitos silenciosos e furtivos, que nos fazem sentir como se, de algum modo, estivéssemos sendo confrontados por entidades ocultas — com as quais seria melhor não ter qualquer relação. Quando uma subida na estrada traz à vista as montanhas acima da mata fechada, a sensação de estranha inquietação aumenta. Os cumes são arredondados e simétricos demais para nos trazer qualquer sensação de bem-estar e naturalidade, e sobre eles pode-se avistar diversos círculos bizarros, formados por imensos pilares de pedra, que às vezes se destacam nitidamente contra o céu.

**O HORROR
DE DUNWICH**

Desfiladeiros e ravinas profundas cortam o caminho, e as rudimentares pontes de madeira parecem de qualidade bastante duvidosa. Quando a estrada finalmente entra em declive, há trechos pantanosos que provocam instintiva aversão. Na verdade, chegamos a sentir certo medo pelo cair da noite, quando invisíveis bacuraus gorjeiam enquanto uma quantidade absurda de vaga-lumes dança no ritmo do estridente e terrivelmente contínuo coaxar das rãs. Ao longe, uma das nascentes mais altas do rio Miskatonic forma uma linha estreita e brilhante que, como uma estranha serpente, rasteja por caminhos sinuosos até o pé das colinas abauladas, por entre as quais percorre seu leito.

Ao se aproximar das colinas, a densa vegetação dos sopés se destaca mais do que os cumes coroados por pedras. Suas encostas surgem de maneira tão sombria e precipitada que chegamos a desejar que se mantivessem a distância, mas não há outro caminho pelo qual seja possível fugir delas. Através de uma ponte coberta vemos um pequeno vilarejo espremido entre o rio e a íngreme lateral do Monte Redondo. Aquele distante aglomerado de telhados de mansarda em avançado estado de deterioração nos espanta, e suas características logo revelam um período arquitetônico anterior ao da região vizinha. Não nos tranquiliza olhar mais de perto e perceber que a maioria das casas está abandonada, em ruínas, e que a igreja com seu campanário quebrado agora abriga o único e descuidado estabelecimento comercial do povoado. É impossível não se aterrorizar com o horrendo túnel da ponte, mas não há como evitá-lo. Uma vez do outro lado, é difícil não sentir um fraco e nocivo odor que se propaga pelas ruas do vilarejo, como consequência de séculos de mofo e decomposição acumulados. É sempre um alívio sair de lá, seguir pelo estreito caminho ao redor das colinas e finalmente alcançar o terreno nivelado que retorna à estrada de Aylesbury. De tempos em tempos, há quem fique sabendo que passou por Dunwich.

Forasteiros evitam ao máximo visitar Dunwich e, desde determinado período de horror, todas as placas que indicavam o caminho para lá foram retiradas. A paisagem, se julgada com base num parâmetro estético comum, é de uma beleza excepcional; embora não haja nenhum fluxo de artistas ou turistas no verão. Dois séculos atrás, quando ninguém caçoava de bruxas, cultos satânicos e estranhas aparições nas florestas, era comum as pessoas darem desculpas para não passar pela região. Já nos tempos mais atuais e racionais, as pessoas se esquivam do povoado sem saber exatamente por quê — uma vez que o horror de Dunwich ocorrido em 1928 foi silenciado por aqueles que zelavam pelo bem-estar do povoado e seus habitantes. Talvez um dos motivos — que entretanto não se aplica a estranhos desinformados — seja a decadência repulsiva dos moradores, que têm avançado muito no caminho de um retrocesso bastante difundido pelos cafundós da Nova Inglaterra. Eles acabaram formando uma raça própria, com estigmas mentais e físicos muito bem definidos pela degeneração e consanguinidade. A inteligência média da população é lamentavelmente baixa, ao passo que seus registros históricos fedem a explícita depravação, incestos, assassinatos velados, atos de quase indescritível violência e perversidade. A alta burguesia mais antiga, representada por duas ou três respeitosas famílias que vieram de Salem em 1692, manteve-se um pouco acima do nível geral de decadência — embora alguns ramos tenham se afundado tanto na sórdida ralé, que restaram apenas seus sobrenomes como indício da linhagem que desgraçam. Alguns membros das famílias Whateley e Bishop ainda mandam os filhos mais velhos para Harvard e Miskatonic; mesmo que esses jovens raramente retornem aos pútridos telhados de mansarda sob os quais eles e os ancestrais nasceram.

Ninguém, nem mesmo aqueles cientes do recente horror, consegue explicar com exatidão qual é problema de Dunwich; embora lendas antigas mencionem rituais profanos e cerimônias indígenas, nas quais invocavam aparições macabras das grandes colinas arredondadas e entoavam clamores orgiásticos seguidos de altos ruídos e estrondos emanados das profundezas da terra. Em 1747, o reverendo Abijah Hoadley, recém-chegado à Igreja

Congregacional de Dunwich, fez um memorável sermão sobre a forte presença de Satanás e seus diabos, dizendo que:

"Precisamos reconhecer que as blasfêmias sobre um suposto séquito infernal de demônios têm sido muito difundidas para serem negadas; as vozes amaldiçoadas de Azazel e Buzrael, de Belzebu e Belial, sendo ouvidas agora sob a terra por diversas testemunhas confiáveis. Há menos de quinze dias, na colina atrás de casa, eu mesmo flagrei uma conversa bem clara sobre poderes malignos. De lá ecoavam ruídos de chocalhos e tremores, gritos, gemidos e murmúrios que seres deste mundo não emitiriam, e que certamente vieram daquelas cavernas que apenas a magia negra é capaz de encontrar — e só o demônio consegue desbloquear."

O Reverendo Hoadley desapareceu logo após esse sermão, mas a transcrição publicada em Springfield ainda existe. Ruídos nas colinas continuaram a ser relatados por anos, e ainda hoje representam um enigma para os geólogos e fisiógrafos.

Outras histórias relatam odores fétidos no alto das colinas, perto dos círculos de pilares de pedras, e aparições etéreas que passam em disparada e podem ser vagamente ouvidas a certas horas do dia em alguns pontos específicos, bem no fundo das grandes ravinas; enquanto outras ainda tentam explicar o Pátio do Diabo — uma encosta infértil e desolada em que nenhuma árvore, arbusto ou capim consegue crescer. Além disso, os moradores nativos morrem de medo dos inúmeros bacurais que se põem a cantar nas noites mais quentes. Pelo que dizem, esses pássaros são psicopompos à espera da alma dos moribundos, e seus berros macabros estão sempre em uníssono com os últimos suspiros dos miseráveis. Se conseguem capturar a alma assim que ela se desprende do corpo, eles imediatamente saem voando e gorjeando numa gargalhada demoníaca; porém, se porventura falham, aos poucos vão se calando até cair num desapontado silêncio.

Naturalmente, essas lendas são ridículas e ultrapassadas, pois derivam de tempos muito remotos. Na verdade, a própria vila é extremamente antiga — Dunwich é muito mais velha do que qualquer comunidade num raio de 50 quilômetros. Ao sul do vilarejo ainda é possível avistar as paredes da adega e a chaminé da antiga casa da família Bishop, erguida antes de 1700; já as ruínas do moinho da queda d'água, construído em 1806, compõem a obra arquitetônica mais moderna do lugar. A indústria não prosperou nessa região, e o movimento fabril do século 19 foi bem passageiro. As construções mais antigas são aquelas grandes circunferências formadas por colunas de pedra rústica no alto das colinas — mas estas geralmente são mais atribuídas aos índios do que aos colonizadores. Depósitos de crânios e ossos, encontrados dentro desses círculos e ao redor de uma grande pedra em formato de mesa no Monte Sentinela, sustentam a crença popular de que esses locais outrora foram cemitérios dos pocumtucks; embora muitos etnólogos, discordando da improbabilidade absurda dessa teoria, insistam em acreditar que os restos são caucasianos.

Capítulo 2

Foi na região rural de Dunwich, numa casa de campo grande e parcialmente habitada, situada na encosta de uma colina a seis quilômetros do vilarejo e a mais de dois quilômetros da residência mais próxima, que Wilbur Whateley nasceu, às cinco da manhã de um domingo, no dia 2 de fevereiro de 1913. Essa data nunca foi esquecida, pois também era Dia da Candelária — festividade que o povo de Dunwich curiosamente celebra com outro nome — e porque os ruídos voltaram a ecoar nas colinas, fazendo com que os cães do campo latissem sem parar durante toda a noite anterior. Menos relevante era o fato de a mãe ser um dos membros decadentes da família Whateley; uma mulher de 35 anos, meio deformada, albina e sem graça que vivia com o pai idoso e meio louco, cujo nome já fora associado aos mais assustadores boatos de feitiçaria na juventude. Lavínia Whateley não tinha marido conhecido e, seguindo os costumes da região, ele não fizera esforço algum para renegar a criança. Sobre o lado paterno, o povo da roça podia especular tanto quanto quisesse — e de fato especulou. A mãe, ao contrário, parecia estranhamente orgulhosa da criança morena com cara de bode, que contrastava de maneira marcante com seu albinismo doentio e olhos vermelhos. Dizem que ela costumava murmurar estranhas profecias sobre os poderes incomuns e o futuro brilhante do menino.

Não é de duvidar que Lavínia murmurasse esse tipo de coisa, pois era uma criatura solitária que nutria o hábito de vagar em meio a tempestades nas colinas e ler os grandes livros malcheirosos que o pai herdara ao longo de dois séculos da família Whateley, e que estavam rapidamente se decompondo por força do tempo e das traças. Nunca fora à escola, porém transbordava crenças antigas e desconexas que o velho Whateley lhe havia transmitido. A remota casa de campo sempre fora temida por causa da reputação do velho Whateley, acusado de magia negra; além disso, a enigmática morte da senhora Whateley, quando Lavínia tinha apenas 12 anos, ajudou a piorar a fama do lugar. Isolada em meio a estranhas influências, Lavínia apreciava devaneios selvagens e grandiosos, bem como ocupações incomuns, já que raramente se entretinha com tarefas domésticas numa casa em que todos os padrões de organização e higiene tinham desaparecido havia muito tempo.

Gritos terríveis ecoaram ainda mais forte do que os ruídos da colina e os latidos dos cães na noite em que Wilbur nasceu, mas nenhum médico ou parteira conhecida assistiu o parto. Os vizinhos nada souberam sobre ele até a semana seguinte, quando o velho Whateley atravessou a neve com seu trenó até o vilarejo de Dunwich e fez um discurso desconexo para os clientes do armazém de Osborne. Parecia ter ocorrido uma mudança no velho homem — um traço a mais de dissimulação naquela mente nebulosa que sutilmente o transformou de agente do medo para sujeito do medo — ainda que não se perturbasse com nenhum tipo de acontecimento familiar comum. Em meio a tudo isso, ele demonstrou alguns traços do orgulho herdado pela filha, e o que disse sobre a paternidade da criança não saiu da cabeça daqueles que o ouviram, mesmo depois de anos do ocorrido.

"Eu *num* ligo *pro* que os *outro pensa*. Se o menino da Lavínia fosse parecido *co'* pai, ele num ia *parecê co'* nada que *ocêis* espera. *Ceis* tem que *pará* de *pensá* que só existe o povo das *redondeza*. A Lavínia já leu e viu umas *coisa* que a maioria *d'ocêis* só ouviu *falá*. Eu sei que o *hómi* dela é o *mió* marido dessas *banda* de Aylesbury; e se *ocêis soubesse* tudo que sei dessas *colina*, ceis num ia *cobrá* nem o *mió* casamento de igreja *pr'ela*. Só digo uma coisa: um dia *ocêis tudo* vão ouvir o filho da Lavínia gritando o nome do pai dele lá do alto do Monte Sentinela!"

As únicas pessoas que viram Wilbur no primeiro mês de vida foram o velho Zechariah Whateley, do lado íntegro da família, e a companheira de Earl Sawyer, Mamie Bishop. A visita de Mamie foi só por curiosidade, e as fofocas que depois espalhou fizeram jus a tudo que observara. Já Zechariah visitou a família apenas para entregar um par de vacas alderney, que o velho Whateley comprara de seu filho Curtis. Esse episódio marcou o início de uma série de aquisições de gado por parte da família do pequeno Wilbur, que terminaria apenas em 1928, quando veio o horror de Dunwich — e, mesmo antes da tragédia, o estábulo em ruínas da família Whateley nunca chegou a de fato se encher de gado. Houve um período em que as pessoas ficaram curiosas a ponto de dar uma espiada para contar o rebanho que pastava precariamente na íngreme encosta acima da velha casa; mas nunca encontraram mais de dez ou doze animais anêmicos e esqueléticos. Era óbvio que alguma praga ou doença, talvez causada pelo pasto insalubre ou pelas madeiras e fungos daquele estábulo imundo, estava provocando um alto índice de mortalidade entre os animais do velho Whateley. Estranhas feridas e lesões, algumas semelhantes a cortes profundos, pareciam infligir o gado; e nos primeiros meses do menino, uma ou duas vezes aconteceu de alguns visitantes imaginarem ter visto ferimentos semelhantes no pescoço do grisalho velho barbado e da desleixada filha albina de cabelo bagunçado.

O HORROR DE DUNWICH

Na primavera após o nascimento de Wilbur, Lavínia retomou suas habituais andanças pelas colinas, carregando nos braços desiguais o menino moreno. O interesse popular na família Whateley diminuiu depois que a maioria dos camponeses viu o bebê, e ninguém se deu ao trabalho de comentar sobre o rápido desenvolvimento que o recém-nascido parecia diariamente exibir. O crescimento de Wilbur era de fato fenomenal, pois em apenas três meses de vida atingira um tamanho e uma força muscular raramente observados em bebês com menos de um ano. Os movimentos, e até mesmo a vocalização do menino, exibiam um controle e um cuidado extremamente peculiares em uma criança — e ninguém realmente se surpreendeu quando, aos sete meses, ele começou a andar sozinho, com leves tropeços que em menos de um mês foram corrigidos.

Foi mais ou menos depois dessa época — durante o Halloween — que uma chama intensa foi avistada à meia-noite no topo do Monte Sentinela, onde fica a antiga mesa de pedra cercada por túmulos de ossos centenários. Um burburinho começou a circular pelo povoado logo após um comentário de Silas Bishop — da parte boa da família Bishop — que disse ter visto o menino subindo o monte, firme e forte à frente da mãe, a cerca de uma hora antes de a chama ter sido avistada. Silas estava arrebanhando uma novilha perdida, mas quase abandonou a tarefa assim que viu de relance as duas figuras iluminadas pela meia-luz da lanterna. Em quase completo silêncio, mãe e filho corriam em disparada pelo matagal, e o perplexo observador teve a impressão de que ambos estavam totalmente despidos. Algum tempo depois, ele não tinha tanta certeza sobre o menino, que talvez estivesse vestindo algum tipo de cinto com franjas e um par de ceroulas ou calças escuras. Depois desse dia, Wilbur nunca mais foi visto em sã consciência sem um traje completo e bem ajustado, cujo desalinho, ou a mera ameaça de desalinho, parecia sempre enchê-lo de raiva e incômodo. O contraste do garoto elegante com a mãe e o avô esquálidos era motivo de espanto, até que o horror de 1928 trouxe à tona a mais válida das razões.

No janeiro seguinte, os fofoqueiros passaram a ficar levemente interessados no fato de que "o pretinho da Lavínia" tinha começado a falar com apenas onze meses de vida. Sua fala era meio excêntrica, não só por divergir dos sotaques comuns da região, mas porque não apresentava aquele chiado do qual muitas crianças de três ou quatro costumam se orgulhar. Ainda que não fosse tagarela, quando abria a boca, parecia lançar algum elemento enigmático e completamente alheio a Dunwich e seus moradores. A excentricidade não estava no que ele dizia, tampouco nas simples expressões que usava; parecia vagamente relacionada com a entonação ou com os órgãos internos que produziam a fala. Seus traços faciais também chamavam a atenção pela maturidade; e, embora tivesse herdado o queixo diminuto do avô e da mãe, seu nariz firme e precocemente modelado se unia com a expressão dos gigantes olhos escuros, quase latinos, para lhe dar um ar meio adulto, de uma inteligência quase sobrenatural. No entanto, apesar da aparência de genialidade, Wilbur era extremamente feio. Havia algo de animalesco em seus lábios grossos, semelhantes aos de um bode, além da pele amarelada e cheia de poros, dos cabelos ásperos e encrespados, daquelas estranhas orelhas compridas. Logo as pessoas passaram a gostar ainda menos dele do que de sua mãe e seu avô; e todas as especulações sobre o menino eram apimentadas com referências às antigas magias do velho Whateley e ao dia em que as colinas estremeceram quando ele gritou o pavoroso nome de Yog-Sothoth com um enorme livro nas mãos, bem no meio de um círculo de pedras. Cães abominavam o menino, e ele sempre se via obrigado a tomar várias medidas defensivas contra seus latidos de ameaça.

Capítulo 3

Enquanto isso, o velho Whateley seguia comprando gado sem que o tamanho de seu rebanho aumentasse de maneira considerável. Ele também se pôs a cortar madeira e começou a reformar os aposentos desocupados da casa — uma construção espaçosa de telhado pontudo, com o fundo totalmente enterrado na encosta rochosa da colina e cujos três cômodos menos arruinados sempre bastaram para ele e a filha.

O velho devia ter uma imensa reserva de força dentro de si para aguentar tanto trabalho pesado; e mesmo que às vezes balbuciasse feito um maluco, seu trabalho de carpintaria parecia resultar de cálculos bem sensatos. A reforma já tinha começado antes mesmo de Wilbur nascer, quando um dos vários depósitos de ferramentas fora rapidamente organizado e reforçado com tábuas novas e uma robusta fechadura. Agora, restaurando os cômodos abandonados na parte superior da casa, o velho demonstrava a mesma habilidade de um artesão meticuloso. Sua insanidade só se revelou a partir do momento em que passou a vedar com tábuas todas as janelas da parte reconstruída — ainda que muitos dissessem que, na verdade, era besteira se preocupar com qualquer coisa daquele projeto.

Muito menos inexplicável foi o fato de ele ter construído outro aposento no térreo para o neto recém-nascido — ao qual várias visitas tiveram acesso, apesar de ninguém jamais ter sido autorizado a se aproximar dos quartos vedados no andar superior. Ele revestiu o quarto do menino com prateleiras altas e robustas, ao longo das quais começou a lentamente arrumar e organizar todos os livros antigos — bem como os pedaços que sobraram de outros livros que, nos velhos tempos, haviam sido empilhados de maneira desleixada e largados em cantos aleatórios da casa.

— Esses aqui eu já usei — dizia o velho, enquanto tentava emendar um livro de tipografia gótica com cola preparada no fogão enferrujado da cozinha — mas o menino vai *fazê mió* uso *deles*. É *bão* que ele tenha esses *livro no mió* estado possível, porque só vai *tê* isso *pr'ele estudá*.

Quando Wilbur tinha um ano e sete meses — em setembro de 1914 — seu tamanho e suas conquistas eram quase alarmantes. Era tão alto quanto uma criança de quatro anos e conversava de modo fluente, incrivelmente perspicaz. Corria livre pelos campos e colinas, além de acompanhar a mãe em todas as suas andanças. Em casa, ele examinava minuciosamente as estranhas figuras e tabelas dos livros do avô, enquanto o velho Whateley instruía e catequizava o menino durante longas e pacatas tardes. Nessa época, a restauração da casa já estava pronta, e aqueles que acompanharam o processo se perguntavam por que uma das janelas do piso superior fora transformada numa porta de madeira sólida. Tratava-se de uma janela no fundo da casa à direita, de frente para a colina e bem no meio da parte triangular do telhado; e ninguém conseguia entender por que uma rampa diagonal com madeiras pregadas fora construída do chão até ela. Próximo à conclusão do projeto, as pessoas notaram que o antigo depósito de ferramentas, que estivera bem trancado e com a janela coberta desde o nascimento de Wilbur, fora abandonado outra vez. A porta do depósito então passou a ficar entreaberta, e quando Earl Sawyer entrou ali após uma visita para venda de gado ao velho Whateley, ficou completamente atordoado com o cheiro estranho que sentiu. Como ele mesmo disse, era um fedor que jamais sentira em toda a vida, exceto perto dos círculos indígenas nas colinas — e que com certeza não poderia vir de nada normal ou deste mundo. Por outro lado, as casas e os barracões de Dunwich nunca tiveram boa fama no que se refere a odores agradáveis.

Os meses seguintes foram bem pacatos, sem qualquer acontecimento que chamasse a atenção — a não ser pelo fato de que todos da vila juravam que os ruídos da colina aumentavam lentamente, mas numa progressão contínua. Na Noite de Santa Valburga de 1915, ocorreram tremores que até os moradores de Aylesbury conseguiram sentir; ao passo que, no Halloween seguinte, houve um estrondo subterrâneo estranhamente simultâneo com uma explosão de chamas — "aquela bruxaria dos Whateley" — no topo do Monte Sentinela. Wilbur seguia crescendo assombrosamente, e aos quatro anos parecia um garoto de dez. Nessa época, ele devorava livros sem qualquer ajuda, mas falava muito menos do que antes. Uma constante melancolia parecia tomar conta dele, e pela primeira vez as pessoas começaram a comentar especificamente sobre uma expressão maligna que surgia em sua cara de bode. Às vezes ele murmurava alguma expressão desconhecida ou entoava cânticos em ritmos bizarros, que causavam calafrios em quem ouvia e despertavam uma inexplicável sensação de terror. A aversão que os cachorros tinham pelo menino passou a ser de conhecimento geral e, para que conseguisse atravessar o campo em segurança, ele se via obrigado a carregar uma pistola — o uso eventual da arma não aumentou sua popularidade entre os donos de cães de guarda.

As poucas visitas da casa geralmente encontravam Lavínia sozinha no térreo, enquanto gritos e passos suspeitos ressoavam no inacessível segundo andar. Ela nunca dizia o que o pai e o filho faziam lá em cima, embora uma vez tenha empalidecido e entrado num estado de intenso pavor quando um amigável vendedor ambulante de peixe tentou destrancar a porta que dava para a escada. O vendedor contou aos clientes do armazém de Dunwich que teve a impressão de ouvir um cavalo batendo com força no chão do andar de cima; e as pessoas então refletiram, pensando na porta de madeira e na escada, além do gado que desaparecia tão depressa. Por fim, estremeceram ao recordar as histórias da juventude do velho Whateley e dos seres estranhos que são invocados das profundezas da Terra quando um touro é sacrificado no momento certo para determinados deuses pagãos. Já há algum tempo, também notavam que os cães haviam começado a temer e detestar toda a propriedade da família Whateley com a mesma violência que temiam e detestavam pessoalmente o jovem Wilbur.

Em 1917, veio a guerra, e o sr. Sawyer Whateley, como presidente da junta de alistamento militar, teve bastante dificuldade para encontrar um número mínimo de jovens rapazes de Dunwich que estivessem aptos para ser enviados ao campo de treinamento. Alarmado com os sinais dessa decadência regional generalizada, o governo enviou diversos oficiais e médicos especialistas para investigar a questão — o que resultou numa pesquisa de que os leitores dos jornais da Nova Inglaterra provavelmente se recordam até hoje.

Foi toda a publicidade gerada por essa apuração que colocou os repórteres à procura da família Whateley, além de motivar o *Boston Globe* e o *Arkham Advertiser* a publicar extravagantes histórias sobre o crescimento precoce do jovem Wilbur, a magia negra do velho Whateley, as prateleiras amontoadas de livros suspeitos, o andar proibido da antiga casa de campo, a estranheza de toda a região e os ruídos das colinas. Nessa época, Wilbur tinha quatro anos e meio, mas parecia um rapaz de quinze anos. Os lábios e as bochechas do garoto estavam tomados por uma penugem áspera e escura, e sua voz começara a oscilar.

Earl Sawyer foi às terras dos Whateley como acompanhante de dois grupos de repórteres e cinegrafistas, e lhes chamou a atenção para o bizarro fedor que, naquele momento, parecia escoar das salas proibidas do andar de cima. Segundo ele, era exatamente igual ao cheiro que sentira no depósito de ferramentas abandonado quando a casa tinha finalmente acabado de ser reformada — e parecido com o leve odor que às vezes pensava captar perto dos círculos de pilares de pedras nas montanhas. Assim que as histórias foram publicadas, todo o povo de Dunwich leu e riu dos óbvios equívocos. Também achou estranho os jornalistas terem dado tanta ênfase ao fato de o velho Whateley sempre pagar pelo gado em moedas de ouro centenárias. A família Whateley não se esforçava para esconder o evidente descontentamento ao receber os visitantes, porém não se atrevia a resistir violentamente ou se recusar a falar, evitando chamar ainda mais a atenção da mídia.

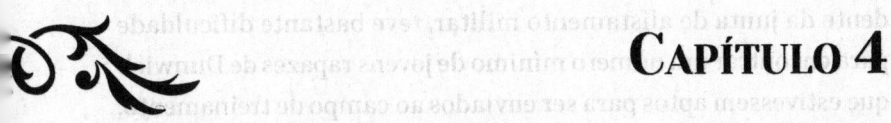

Capítulo 4

Por uma década, as histórias da família Whateley se misturaram com a vida ordinária de uma comunidade mórbida, acostumada a seus hábitos estranhos e insensível às orgias de Halloween e Santa Valburga. Duas vezes ao ano, eles acendiam fogueiras no topo do Monte Sentinela. Nessas ocasiões, os estrondos da colina apareciam cada vez mais violentos; ainda que, na isolada casa de campo, atividades estranhas e sinistras ocorressem em todas as épocas. Com o passar do tempo, diversos visitantes relataram ter ouvido ruídos no andar superior lacrado, mesmo quando toda a família estava no térreo; e não deixavam de se espantar com a frequência, por vezes maior ou menor, com que costumavam sacrificar uma vaca ou um boi. Cogitaram até denunciá-los à Sociedade de Prevenção à Crueldade Animal, mas isso não deu em nada, já que o povo de Dunwich nunca teve qualquer interesse em chamar a atenção para si mesmo.

Por volta de 1923, quando Wilbur era um garoto de dez anos cujas mente, voz, estatura e cara barbada aparentavam extrema maturidade, uma segunda empreitada de carpintaria foi instaurada na antiga casa. Toda a reforma aconteceu dentro do andar vedado e, a partir de pedaços de madeira descartados, as pessoas concluíram que o jovem e o avô tinham derrubado todas as paredes, até mesmo o assoalho do sótão, deixando apenas um grande vazio entre o térreo e o telhado pontiagudo. Eles também tinham derrubado a grande chaminé central e acoplado o fogão enferrujado a um tubo de lata fina pelo qual a fumaça saía.

Na primavera seguinte, o velho Whateley notou um aumento de bacuraus que vinham do Vale d'Água Fria para gorjear sob sua janela à noite. Apesar da mórbida implicação daquilo, ele parecia encarar a situação com muita seriedade, e contou às pessoas no armazém de Osborn que sua hora estava quase chegando.

— Agora eles deram de *cantá* no mesmo ritmo da minha respiração — disse ele — e eu acho que eles *tão pronto* pra *pegá minh'alma*. Eles *sabe qu'ela tá* pra sair e *num* querem *perder* ela. Depois *qu'eu* partir, *ocêis vai ficá* sabendo se eles me *pegaro* ou não. Se eles *conseguir*, vão *ficá* cantando e rindo até a alvorada. Se eles *comê* bronha, vão meio que se aquietando. Eu acho que eles e as *alma* que eles *caça* às *vez* têm umas *briga danada*.

Na noite do Lammas de 1924, o doutor Houghton de Aylesbury foi chamado às pressas por Wilbur Whateley, que saíra em disparada pela escuridão no único cavalo que ainda restava e telefonara do armazém de Osborn para o médico. Ao chegar, encontrou o velho Whateley num estado bem grave, com atividade cardíaca e respiração estertorantes, que indicavam um fim não muito distante. A disforme filha albina e o neto estranhamente barbado permaneciam na beira da cama, enquanto do abismo vazio sobre eles vinha um alarmante indício de vagas ou ritmadas batidas, como ondas em alguma praia plana. O médico, entretanto, estava mais incomodado pelo gorjeio dos pássaros noturnos do lado de fora. Eles pareciam formar uma legião infinita de bacuraus, que gritavam e repetiam diabolicamente sua incessante mensagem com os últimos suspiros ofegantes do moribundo. Era uma situação muito estranha e anormal — assim como o restante da propriedade em que entrara relutante para atender ao chamado urgente, pensou o doutor Houghton.

Por volta de uma hora, o velho Whateley recobrou a consciência e interrompeu os suspiros ofegantes para murmurar algumas palavras sufocadas ao neto.

— Mais espaço, Willy, mais espaço logo. *Ocê* cresce, mas ele cresce mais rápido. Ele vai *tá* pronto pra te servir logo, meu menino. É só *ocê* abrir *os portão* do Yog-Sothoth com aquela reza comprida *q'ocê* vai *encontrá* na página 751 da edição completa, e aí *ocê* bota fogo na prisão. Nenhum fogo na terra é capaz de *queimá* ele agora.

Decerto alucinava. Depois de uma pausa, durante a qual o bando de bacuraus do lado de fora ajustou os gritos ao ritmo alterado da respiração e um vislumbre dos estranhos ruídos da colina vinha de longe, ele acrescentou mais uma ou duas frases.

— Alimenta ele sempre, Willy, e presta atenção na quantidade; mas *num* deixa ele crescer rápido demais *pro* lugar porque, se ele *arrebenta* tudo e escapa antes *d'ocê* abrir pro Yog-Sothoth, tá tudo acabado e todo o nosso esforço foi à toa. Só os seres do além *pode fazê* ele se *multiplicá* e *trabaiá*... Só eles, os *ancião* que *planeja vortá*...

O HORROR DE DUNWICH

Mas a fala foi interrompida pelos suspiros novamente, e Lavínia gritou ao notar como os bacuraus acompanharam a brusca mudança. Seguiu assim por mais uma hora, até que finalmente veio o derradeiro estertor. O doutor Houghton fechou as pálpebras enrugadas sobre os petrificados olhos cinzentos e o tumulto dos pássaros se esvaneceu gradualmente num silêncio profundo. Lavínia soluçava, mas Wilbur apenas soltou uma risadinha enquanto os ruídos da colina ressoavam vagamente.

— *Eles não pegaram ele* — murmurou, com sua voz densa e grave.

Nessa época, Wilbur já era um estudioso de tremenda erudição em seu modo autodidata, e era discretamente conhecido por vários bibliotecários de lugares distantes que ainda guardam antigos livros raros e proibidos com quem se comunicava por correspondência. O desaparecimento de certos jovens também fez com que Wilbur fosse cada vez mais odiado e temido em Dunwich, já que a suspeita do crime acabava recaindo sobre ele — mas o jovem Whateley sempre conseguia silenciar os interrogatórios usando medo ou aquela antiga reserva de ouro que, desde a época do avô, era regular e progressivamente destinada à compra de gado. A essa altura, sua aparência já estava extremamente madura e, tendo a estatura chegado ao máximo de um adulto normal, seu corpo parecia querer extrapolar os limites. Em 1925, quando um estudioso correspondente da Universidade de Miskatonic o visitou e partiu pálido e intrigado, ele já tinha dois metros.

Ao longo dos anos, Wilbur tratara a mãe semideformada e albina com um desprezo crescente, chegando a proibi-la de ir às colinas com ele na Noite de Santa Valburga e no Dia de Todos os Santos — até que, em 1926, a pobre criatura confessou à Mamie Bishop que tinha medo dele.

— Tem mais coisa dele *qu'eu* sei, mas *num* posso te *contá* — disse ela —, e hoje em dia tem mais coisa que nem eu sei. Eu juro por Deus, *num* sei o que ele quer e nem o que ele tá tentando *fazê*.

No Halloween daquele ano, os ruídos da colina ressoaram mais fortes do que nunca e, como de costume, o fogo queimava no Monte Sentinela; mas as pessoas prestaram mais atenção aos gritos ritmados dos vastos bandos de bacuraus, que estavam estranhamente atrasados e pareciam estar reunidos perto da sombria propriedade da família Whateley. Depois da meia-noite, as notas estridentes explodiram num tipo de gargalhada demoníaca que se espalhou por toda a área rural e não silenciou até o amanhecer. Só então a grande revoada de bacuraus desapareceu, apressada rumo ao sul — onde já deveria estar no mês anterior. Por um bom tempo, ninguém soube ao certo o motivo daquilo. Nenhum dos camponeses parecia ter morrido — mas a pobre Lavínia Whateley, a albina corcunda, nunca mais foi vista.

No verão de 1927, Wilbur reformou dois galpões no terreno da fazenda e começou a levar seus livros e pertences para lá. Logo em seguida, Earl Sawyer contou à freguesia do armazém de Osborn que mais serviço de carpintaria começara na casa da família Whateley. Wilbur estava fechando todas as portas e janelas do térreo, e parecia estar retirando todas as paredes — assim como ele e o avô haviam feito no andar superior quatro anos antes. Ele estava morando em um dos galpões, e Sawyer achou estranho como o rapaz parecia preocupado e trêmulo. As pessoas em geral suspeitavam que ele soubesse algo sobre o desaparecimento da mãe, e quase ninguém se aproximava mais de sua propriedade. Nessa época, Wilbur já havia crescido mais dez centímetros — e sua altura não parecia ter estacionado.

Capítulo 5

No inverno seguinte, não houve qualquer acontecimento mais inusitado do que a primeira viagem de Wilbur para além da região de Dunwich. Suas correspondências para a Biblioteca

Widener, de Harvard, a Biblioteca Nacional de Paris, o Museu Britânico, a Biblioteca de Buenos Aires e a Biblioteca de Miskatonic em Arkham de nada serviram para conseguir o empréstimo de um livro pelo qual ansiava desesperadamente. Por fim, ele acabou indo pessoalmente, todo maltrapilho, sujo, com a barba por fazer e o sotaque carregado, consultar um exemplar em Miskatonic — que era mais próxima de Dunwich. Com quase dois metros e meio, carregando uma valise barata recém-adquirida no armazém de Osborne, aquela figura escura com traços de bode e aparência de gárgula apareceu certo dia em Arkham à procura do temido volume mantido num cofre da biblioteca da universidade — o terrível *Necronomicon*, de autoria do árabe louco Abdul Alhazred e na versão latina de Olaus Wormius, impressa na Espanha no século 17. Wilbur nunca tinha visto uma cidade antes, porém não tinha cabeça para nada além de encontrar o caminho para a universidade — por onde passou tão distraído a ponto de sequer avistar o grande cão de guarda, de presas brancas e afiadas, que latia com uma fúria e uma hostilidade anormal enquanto forçava as correntes num desespero frenético.

Wilbur levava consigo a inestimável, porém imperfeita, versão inglesa do doutor Dee que herdara do avô; e assim que teve acesso à versão latina, imediatamente começou a cotejar os dois textos na esperança de encontrar determinada passagem na página 751 do próprio volume defeituoso. Tudo isso teve que ser gentilmente informado ao bibliotecário — o mesmo estudioso que uma vez o visitara na fazenda, Henry Armitage (mestre em artes pela Miskatonic, doutor em filosofia pela Universidade de Princeton e em literatura pela Johns Hopkins), e que naquele momento gentilmente o bombardeava de perguntas. Foi obrigado a admitir que procurava algum tipo de fórmula ou feitiço que contivesse o tenebroso nome de Yog-Sothoth; porém ficou intrigado ao encontrar discrepâncias, duplicações e ambiguidades que dificultavam a compreensão exata do texto. Enquanto copiava a fórmula que finalmente escolhera, o doutor Armitage involuntariamente espiou sobre os ombros de Wilbur e observou o livro aberto. Na página esquerda da versão latina, identificou as seguintes ameaças abomináveis à paz e sanidade do mundo, as quais Armitage traduziu mentalmente:

Não se deve pensar que o homem é mais primitivo ou o último dos senhores da Terra, tampouco que a massa dos ordinários seres de vida e matéria está sozinha. Os Anciãos estiveram, os Anciãos estão e os Anciãos estarão. Não nos lugares que conhecemos, e sim entre eles. Os Anciãos caminham serenos e primordiais, sem dimensão e invisíveis para nós. Yog-Sothoth conhece o portal. Yog-Sothoth é o portal. Yog-Sothoth é a chave e o guardião do portal. O passado, o presente e o futuro são apenas um em Yog-Sothoth. Ele sabe onde os Anciãos surgiram na antiguidade e onde Eles voltarão a se manifestar. Ele sabe todos os lugares em que Eles pisaram, e onde Eles ainda pisam, e por que ninguém Os vê quando pisam. Pelo cheiro, os humanos às vezes conseguem saber que Eles estão perto, mas ninguém é capaz de enxergar Sua forma; a não ser pelos traços daqueles que geraram na humanidade, que podem tanto figurar verdadeiros espectros humanos como se assemelhar às formas invisíveis ou imateriais que Os constituem. Ocultos e fétidos, Eles caminham por lugares ermos onde as Palavras foram proferidas e os Rituais executados em suas estações. Os ventos bradam trazendo Sua voz, e a terra murmura o ruído de Sua consciência. Eles reviram a floresta e aniquilam a cidade, embora nenhuma enxergue a mão que a golpeia. Kadath, em meio à desolação gelada, Os conheceu, mas que criatura conhece Kadath? O deserto de gelo do sul e as ilhas submersas no oceano guardam pedras em que Sua marca está entalhada; mas quem já viu a recôndita cidade congelada ou a torre há séculos selada por grinaldas de algas e crustáceos? O Grande Cthulhu é primo Deles, mas ainda assim só é capaz de vislumbrar Seu vulto turvo. *Iä! Shub- Niggurath!* Pela impureza Os conhecerão. A mão dos Anciãos agarra sua garganta, mesmo que não Os veja; e a segura entrada do seu lar é a habitação Deles. Yog-Sothoth é a chave do portal pelo qual as realidades se encontram. Os homens agora governam onde Eles outrora governaram; e Eles logo governarão onde os homens agora governam. Depois do verão vem o inverno;

depois do inverno, o verão. Eles aguardam pacientes e poderosos, pois aqui Eles voltarão a reinar.

Associando aquilo que lia ao que já ouvira sobre Dunwich e suas presenças taciturnas, além dos boatos sobre Wilbur Whateley e a aura sombria e horrenda do jovem, que começara com um nascimento misterioso e se estendera até a suspeita de um provável matricídio, o doutor Armitage foi tomado por uma onda de medo tão tangível quanto uma corrente de ar que carrega o frio pegajoso de uma tumba. Ali inclinado diante dele, o gigante com feições de bode parecia uma criatura de outro planeta ou dimensão; como algo parcialmente humano, conectado a abismos obscuros de essência e entidades que se estendem como fantasmas titânicos para além de todos os limites da força e da matéria, do espaço e do tempo. De repente, Wilbur ergueu a cabeça e começou a falar com uma voz tão sinistra e profunda que parecia ter sido emitida por aparelhos fonadores inumanos.

— Senhor Armitage — disse ele — acho que preciso *levá* este livro pra casa. Tem umas coisas nele *qu'eu* preciso *testá* em certas condições que não consigo ter aqui, e seria um pecado mortal deixar uma questão burocrática me impedir. Deixa eu *levar ele* comigo, sinhô, e eu juro que ninguém nem vai notar a diferença. E nem preciso *falá* que cuido muito bem dele... não fui eu que deixei a versão do Dee nesse estado que *tá*.

Wilbur interrompeu a argumentação assim que notou uma firme recusa no semblante do bibliotecário; e suas feições de bode assumiram uma expressão astuta. Armitage, quase pronto a lhe dizer que poderia fazer uma cópia das partes de que precisava, ponderou de repente as possíveis consequências e se conteve. Era uma grande responsabilidade entregar a uma pessoa daquela a chave para essas realidades desconhecidas e profanas. Percebendo o rumo que a conversa tomaria, Whateley tentou responder com polidez.

— Então *tá bão, se o sinhô* pensa assim. Quem sabe Harvard não vai ser tão caxias quanto o *sinhô*. — Sem dizer mais nada, levantou-se e saiu do prédio a passos largos, precisando se inclinar a cada porta pela qual passava.

Armitage ouviu o ganido selvagem do grande cão de guarda e analisou os modos simiescos de Whateley enquanto ele atravessava a parte do *campus* visível pela janela. Pensou nos bizarros relatos que ouvira e recordou as velhas histórias dominicais publicadas pelo *Advertiser*. Enfim, tudo isso se somou às crenças que aprendera com os simples moradores de Dunwich em sua única visita ao vilarejo. Coisas invisíveis, forasteiras deste mundo — ou pelo menos deste nosso mundo tridimensional — corriam fétidas e pavorosas pelos vales da Nova Inglaterra e se multiplicavam de maneira obscena no topo das montanhas. Disso ele tinha certeza havia muito tempo. Entretanto, naquele momento teve a impressão de sentir a presença de alguma parte ainda mais truculenta daquele horror, e vislumbrou um avanço infernal no domínio desse antigo pesadelo que estivera inconsciente. Tomado por um calafrio de repulsa, trancou o exemplar do *Necronomicon*, mas um fedor pecaminoso e irreconhecível ainda contaminava a sala. "Pela impureza Os conhecerão", repetiu em voz alta. Sim, o odor era o mesmo que o deixara enjoado na casa da família Whateley havia menos de três anos. Pensou mais uma vez em Wilbur, nos traços de bode e no semblante nefasto, e riu com deboche dos boatos da vila sobre sua ascendência.

— Consanguinidade? — Armitage murmurou para si mesmo. — Meu Deus, que tolos! Se lhes mostrassem *O Grande Deus Pã*, de Arthur Machen, pensariam que se trata de mais um dos escândalos corriqueiros de Dunwich! Mas que coisa... que maldita força intangível, de dentro ou fora deste mundo tridimensional, era o pai do Wilbur Whateley? Nascido no Dia da Candelária, nove meses depois da Noite de Santa Valburga de 1912... quando os boatos sobre estranhos ruídos subterrâneos se espalharam até Arkham. O que vagava pelas colinas naquela noite de maio? Que horror típico de Dia da Santa Cruz se fixou neste mundo por meio de um corpo de carne e sangue semi-humano?

Ao longo das semanas seguintes, o doutor Armitage começou a coletar todas as informações possíveis sobre Wilbur Whateley e as presenças ocultas na região de Dunwich. Ele entrou em contato com o doutor Houghton de Aylesbury, o médico que cuidara do velho Whateley em seus últimos dias de vida, cuja descrição das últimas palavras do moribundo lhe forneceu bastante material de pesquisa. Uma visita à vila de Dunwich, porém, não acrescentou nada além do que Armitage já sabia; mas uma análise atenta do *Necronomicon*, especificamente das partes que Wilbur analisara com tanta avidez, parecia lhe fornecer novas e terríveis pistas sobre a natureza, os métodos e os desejos do estranho mal que tão vagamente ameaçava este planeta. Conversas com diversos pesquisadores de tradições arcaicas em Boston, além de cartas trocadas com estudiosos de muitos outros lugares, incitaram um espanto crescente dentro dele, que aos poucos foi se transformando em alterados estágios de pavor até atingir um estado de espírito completamente aterrorizado. Assim, à medida que o verão se aproximava, também crescia uma leve intuição de que alguma atitude deveria ser tomada em relação aos terrores ocultos nas profundezas do vale Miskatonic e àquele ser monstruoso, conhecido no mundo humano como Wilbur Whateley.

Capítulo 6

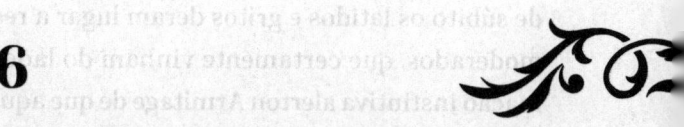

O horror de Dunwich propriamente dito ocorreu entre o Lammas e o equinócio de 1928, e o doutor Amitage foi um dos que testemunharam seu monstruoso prólogo. Nesse meio-tempo, ele ouvira comentários sobre a grotesca viagem de Whateley até Cambridge e os esforços desvairados para tomar emprestado ou fazer uma cópia do *Necronomicon* na Biblioteca Widener. Todo o empenho, porém, fora em vão, uma vez que Armitage já transmitira impetuosos avisos a todos os bibliotecários responsáveis por exemplares daquele assombroso volume. No caso de Cambridge, Wilbur se descontrolou sem qualquer pudor, ávido pelo livro e quase igualmente ávido para voltar para casa, como se temesse os resultados do sumiço prolongado.

Foi no começo de agosto, na madrugada do dia 3, que a consequência mais óbvia veio à tona, e o doutor Armitage acordou de repente, alarmado pelos violentos e ferozes latidos do cão de guarda no *campus* da faculdade. Profundos e aterrorizantes, os atípicos rosnados, rugidos e grunhidos seguiam cada vez mais altos, mas com pausas terrivelmente consideráveis. Então, um grito ressoou de uma garganta completamente distinta. Um grito que despertou metade dos habitantes de Arkham — cujos pesadelos passaram a ser eternamente assombrados por aquele ruído — um grito que não poderia ser emitido por qualquer ser deste mundo — ou inteiramente deste mundo.

Armitage vestiu uma roupa apressado, saiu em disparada e, atravessando a rua e o gramado em direção aos prédios da faculdade, notou que outros haviam sido mais rápidos do que ele, e só então foi tomado pelo alarme estridente que ainda ecoava da biblioteca. Uma janela escancarada exibia uma profunda escuridão sob o luar; e o que quer que fosse conseguira adentrar, pois de súbito os latidos e gritos deram lugar a resmungos e gemidos moderados, que certamente vinham do lado de dentro. Alguma reação instintiva alertou Armitage de que aquela situação não era coisa para mentes despreparadas, então ele afastou a multidão com autoridade enquanto destrancava a porta de entrada. Entre tantos curiosos, avistou o professor Warren Rice e o doutor Francis Morgan, com os quais compartilhara algumas de suas especulações e apreensões — e com um breve aceno, convidou os dois senhores a acompanhá-lo ao interior do edifício. Exceto pelo ganido chiado e atento do cão, os ruídos de dentro já haviam cessado. No entanto, tomado por um sobressalto repentino, Armitage percebeu que um estrondoso coro de bacuraus entoava um abominável gorjeio ritmado entre os arbustos, como se estivessem em uníssono com os últimos suspiros de alguém à beira da morte.

O prédio estava tomado por um fedor repugnante que o doutor Armitage conhecia muito bem, e os três homens correram pelo corredor até a pequena sala de leitura genealógica, de onde vinham os ganidos. Por um segundo, ninguém ousou acender a luz, então Armitage reuniu toda a coragem que tinha e pressionou o interruptor. Um dos três — não se sabe ao certo qual — soltou um berro pavoroso diante daquilo esparramado entre mesas desordenadas e cadeiras reviradas. O professor Rice inclusive conta que, por um instante, perdeu totalmente a consciência, embora não tivesse cambaleado ou caído.

A coisa que jazia deitada de lado numa fétida e pegajosa poça de fluídos verde-amarelados tinha quase três metros de altura, e o cão havia rasgado toda as vestes dela e parte da pele. A criatura não estava completamente morta, mas se contraía com espasmos silenciosos enquanto o peito subia e descia em uníssono com o enlouquecido gorjeio dos bacuraus que aguardavam do lado de fora. Pedaços de couro de sapato e fragmentos de tecido se espalhavam por toda a sala, e havia um saco de lona vazio bem debaixo da janela, onde evidentemente havia sido jogado. Próximo à mesa principal, um revólver fora abandonado, o cartucho amassado, mas não descarregado, que explicava por que não havia sido disparado. A criatura, entretanto, ofuscava qualquer outra imagem que ali estivesse. Seria clichê e bastante superficial dizer que nenhuma caneta humana poderia descrevê-la, mas o fato é que, se suas noções de aparências e contornos se restringem às formas comuns deste mundo e das três dimensões já conhecidas, é impossível conceber a imagem daquela coisa. Sem dúvida era metade humana, com mãos e cabeça de gente, e a cara de bode com o queixo diminuto tinha a marca dos Whateley. Porém o torso e os membros inferiores pareciam verdadeiros milagres da teratologia, de modo que apenas vestes folgadas poderiam ter permitido que aquela coisa andasse por aí sem ser ameaçada ou exterminada.

H.P. LOVECRAFT

Acima da cintura era semiantropomórfica, embora o peito, no qual o cão precavido ainda repousava as patas dilaceradas, fosse revestido por um couro reticulado, semelhante ao de crocodilo ou jacaré. A pele das costas era manchada com tons de amarelo e preto, um tanto parecida com as escamas de certas cobras. Da cintura para baixo, contudo, era ainda pior, já que qualquer semelhança com um ser humano desaparecia, dando lugar a atributos completamente surreais. A pele dessa região era totalmente coberta por pelos grossos e negros, e do abdômen se projetavam vinte longos tentáculos de coloração cinza-esverdeada, cujas pontas se abriam como bocas vermelhas e sugadoras. Sua composição era bizarra, pois parecia seguir padrões de simetria vigentes em algum tipo de geometria cósmica desconhecida na Terra ou no Sistema Solar. Em cada um dos quadris, cravado numa espécie de órbita rosada com cílios ao redor, estava o que parecia ser um olho rudimentar, enquanto, do lugar onde penderia alguma cauda, saía um tipo de tromba ou tentáculo repleto de manchas anelares roxas — com fortes evidências de que aquilo seria uma boca ou uma garganta não desenvolvida. Salvo as partes cobertas por pelagem negra, os membros inferiores faziam lembrar as pernas traseiras de gigantescos sáurios pré-históricos e terminavam em patas rugosas que, embora não fossem cascos, tampouco eram garras. Quando a coisa respirava, a cauda e os tentáculos mudavam de cor no mesmo ritmo, como uma espécie de resposta ao sistema circulatório do seu lado não humano. Esse tipo de reação fazia com que o tom esverdeado dos tentáculos escurecesse, enquanto a cauda adquiria uma tonalidade amarelada que se alternava com um branco cinzento e doentio nos vincos entre os anéis roxos. Nenhuma gota de sangue foi encontrada, somente aquele icor verde-amarelado que escorria pelo chão pintado e ia além da substância grudenta, deixando para trás um rastro curiosamente incolor.

Como a presença dos três homens pareceu despertar a criatura moribunda, ela começou a murmurar sem se virar ou levantar a cabeça. O doutor Armitage não registrou por escrito o que foi balbuciado, mas garante que nem sequer uma palavra foi pronunciada em inglês. No início, as sílabas impossibilitavam qualquer correlação com alguma língua deste mundo, porém no fim surgiram fragmentos desconexos claramente extraídos do *Necronomicon*, aquela tenebrosa blasfêmia em busca da qual a criatura havia perecido. Esses fragmentos, como Armitage recorda, eram algo como *"N'gai, n'gha'ghaa, bugg-shoggog, y'hah. Yog–Sothoth, Yog– Sothoth..."*, e aos poucos foram se espaçando até cessar, enquanto os gritos dos bacuraus se intensificavam, anunciando seu presságio profano.

Os suspiram então findaram, e o cão ergueu a cabeça, soltando um uivo longo e sepulcral. Uma grande mudança tomou conta da amarelada cara de bode da criatura, que permanecia curvada no chão enquanto os grandes olhos negros se afundavam de maneira pavorosa. Do lado de fora, os gritos dos bacuraus silenciaram de repente e, por cima dos murmúrios da multidão reunida, ouviu-se ruídos e zunidos de asas batendo em total desespero. Sob a luz da lua, vastas nuvens de observadores empenados apareciam e sumiam de vista, frenéticos atrás da presa que buscavam atacar.

No mesmo momento, o cão se levantou sem pestanejar, soltou um latido amedrontado e, trêmulo de nervoso, pulou a janela pela qual entrara. Um berro ressoou da multidão, e o doutor Armitage gritou para as pessoas de fora, avisando que ninguém poderia entrar até que a polícia ou um médico legista chegasse. Também desceu as escuras cortinas sobre cada uma das janelas, e deu graças por serem altas o bastante para impedir que as pessoas espiassem lá dentro. A essa altura, dois policiais já haviam chegado, mas o doutor Morgan, ao encontrá-los na entrada do edifício, insistiu para seu próprio bem que, antes de ingressar na fétida sala de relíquias, esperassem o legista chegar e cobrir a coisa prostrada.

Enquanto isso, transformações assustadoras ocorriam no chão. Não é preciso descrever o tipo e a dimensão do encolhimento e da desintegração que se desenrolava diante dos olhos do doutor Armitage e do professor Rice; mas é válido dizer que, apesar da aparência externa do rosto e das mãos, a influência de fato humana em Wilbur Whateley deve ter sido muito pequena. Quando o médico legista chegou, só restara uma massa esbranquiçada e grudenta no assoalho pintado, e o tenebroso odor já tinha praticamente desaparecido. Pelo que dizem, não tinha crânio ou esqueleto ósseo — ao menos não da maneira consistente e concreta à qual estamos acostumados. Wilbur provavelmente se parecia com o pai desconhecido.

Capítulo 7

Tudo isso, porém, foi apenas o prólogo do verdadeiro horror de Dunwich. As formalidades foram cumpridas por policiais perplexos, os detalhes mais anormais foram legalmente protegidos do público e da imprensa, e alguns oficiais foram enviados a Dunwich e Aylesbury para avaliar os bens e notificar quem pudesse ter direito à herança de Wilbur Whateley. Chegando na região rural de Dunwich, encontraram o povo em grande agitação; tanto pelos crescentes ruídos debaixo das colinas arredondadas como pelo insólito fedor, além dos estrondos que vinham cada vez mais fortes da grande casca vazia em que se transformara a casa vedada da família Whateley. Earl Sawyer, que cuidara do cavalo e do gado na ausência de Wilbur, desenvolveu uma lamentável crise de nervos. Os oficiais inventaram desculpas para não entrar no funesto local, e se deram por satisfeitos após limitar a investigação a uma única visita aos quartos em que o falecido vivia e aos galpões reformados. Por fim, entregaram um enfadonho relatório ao tribunal de Aylesbury, e parece que os processos em torno da herança ainda estão tramitando entre os inúmeros membros da família Whateley, decadentes e não decadentes, da parte superior do Vale do Miskatonic.

O HORROR DE DUNWICH

Um manuscrito quase interminável, redigido em letras esdrúxulas num grande caderno de finanças — que mais parecia uma espécie de diário, em virtude do espaçamento e das variações de tinta e caligrafia — apresentou-se como um desconcertante enigma para aqueles que o encontraram na antiga cômoda que servia como escrivaninha para o dono. Após uma semana de discussões, enviaram-no para a Universidade de Miskatonic, assim como a bizarra coleção de livros do falecido, para que pudesse ser estudado ou possivelmente traduzido; entretanto, até os melhores linguistas concluíram que aquilo não seria decifrado com facilidade. Além do manuscrito, não encontraram qualquer sinal do ouro com o qual Wilbur e o velho Whateley sempre pagaram as dívidas.

Na madrugada do dia 9 de setembro, o horror de Dunwich enfim veio à tona. Os ruídos da colina haviam ecoado desde o anoitecer, e os cães latiram freneticamente durante toda a noite. Aqueles que madrugaram no dia 10 notaram um mau cheiro bastante peculiar. Por volta das sete da manhã, Luther Brown, o caseiro da propriedade de George Corey — localizada entre o Vale d'Água Fria e o vilarejo — retornou às pressas do passeio matutino com as vacas, correndo como um desatinado desde a Campina dos Dez Acres. Estava quase convulsionando de pavor quando pisou na cozinha, e não menos apavorado estava o rebanho no quintal, que pisoteava e se lançava ao chão num estado deplorável depois de seguir o garoto no mesmo estado de pânico. Buscando recuperar o fôlego, Luther balbuciou sua história para a senhora Corey.

— Lá em cima, na estrada pra lá do vale, senhora Corey... tem alguma coisa acontecendo lá! Tem um cheiro de trovão, e todos os *arbusto* e as *arvorezinha* na beira da estrada *tão* no chão... como se um trator tivesse passado por lá. E o pior nem é isso... tem umas *pegada* na estrada, senhora Corey... umas *pegada grande e redonda*, do tamanho *d'uma* tampa de barril! E elas *era* tão funda que parece *qu'um* elefante passou por lá... só que tem muito mais do que quatro *pata podia fazê*! Dei uma *oiada n'uma* ou duas antes de *zarpá*, e deu pra vê que cada uma tinha umas *linha* que saía d'um único ponto e se abria, *que nem* um leque de *folha* de palmeira... só que duas ou três vez maior que qualquer folha que *tava* pisoteada na estrada. E o cheiro... era de *amargá*, parecido *c'*a catinga que sai da casa do *véio* bruxo Whateley...

Nesse ponto, ele titubeou e voltou a estremecer com o terror que o fizera voltar correndo para casa. A senhora Corey, incapaz de extrair mais informações, pôs-se a telefonar para os vizinhos; e foi assim que começou o prelúdio do pânico que propagou tão sérios temores. Quando entrou em contato com Sally Sawyer, a empregada de Seth Bishop, cuja residência era a mais próxima da propriedade dos Whateley, foi sua vez de ouvir em vez de falar. O filho de Sally, Chauncey, tivera insônia e saíra para caminhar pelas colinas em direção à casa da família Whateley, mas logo voltara correndo, apavorado depois de bater os olhos na residência e no pasto em que as vacas do senhor Bishop haviam sido deixadas a noite toda.

— É sim, senhora Corey — dizia a voz trêmula de Sally pela linha telefônica comunitária. — O Chauncey *acabô* de *vortá* correndo e não conseguia *falá* de tão apavorado! Ele disse que a casa do *véio* Whateley tá toda caída e as *madeira tudo espalhada*, como se uma dinamite tivesse explodido lá dentro! Só *restô* o andar de baixo, mas *tá* tudo coberto por uma gosma fedida pra dedéu, tipo um piche que escorre e fica pingando onde as madeira tão largada. E também tem umas *marca horrorosa* no quintal... umas tão *grande* e *redonda* que *parece* a tampa *d'um* tambor... e tudo melecado *c'aquela* gosma da casa despedaçada. O Chauncey também disse que as *pegada segue* até os *campo*, deixando um rastro tão grande que chega a ser maior *qu'um* celeiro... e parece que os *paredão* de pedra *tão* tudo caído perto dos *lugar* onde elas *tão*.

— E ele também me disse que *tentô* procurar *as vaca* do Seth, viu senhora Corey? E, mesmo *c'aquele* medo todo, ele *achô elas* no pasto de cima, perto do Pátio do Diabo, num estado de dar dó. Metade delas já era, e praticamente metade das que *sobrô* tá chupada e quase sem sangue, *c'umas pereba* igual aquelas que *começô* a *aparecê* no gado do *véio* Whateley quando o neguinho da Lavínia nasceu. O Seth foi lá agora pra dá uma *oiada* nelas, mas eu juro que ele *num* vai nem *querê chegá* perto da casa do bruxo Whateley! O Chauncey *num* foi *oiá* de perto pra vê até onde o rastro ia pra lá do pasto, mas ele acha que as *pegada* vai da estrada do vale pra vila.

— E te digo mais, senhora Corey, tem alguma coisa estranha que *num* devia tá acontecendo... e pra mim isso é obra do nego Wilbur Whateley, que teve o fim ruim que mereceu e *tá* por trás disso tudo. Ele mesmo não era muito humano... eu sempre disse isso pra todo mundo, e acho que ele e o *véio* Whateley *criaro* alguma coisa naquela casa fechada que também *num* é deste mundo. Sempre teve umas *coisa* do além aqui em Dunwich... coisa viva que *num* é humana e nem boa *pros humano*.

— O chão *tava* murmurando ontem à noite, e de madrugada o Chauncey ouviu os *bacurau* gritando tão alto no Vale d'Água Fria que nem conseguiu *pregá* o *zóio*. Daí ele ouviu um barulho meio afastado vindo da propriedade do bruxo Whateley... tipo um som de *madera* quebrando ou rachando, como se alguém tivesse abrindo uma caixa ou um caixote lá longe. Com tudo isso acontecendo, ele nem conseguiu dormir... e logo que o sol nasceu o menino já *tava* de pé, pronto pra ir na casa dos Whateley ver qual era o problema. E te garanto que ele viu muita coisa, senhora Corey! Isso só pode ser coisa ruim... e eu acho que os *home* da vila *devia* se *juntá* e *tomá* uma atitude. Eu sei que alguma coisa horrível *tá* pra *acontê*, e eu acho que a minha hora *tá* chegando... mas só Deus sabe a nossa hora.

— Seu menino Luther descobriu até onde as *pegada* vai? Não? Bom, senhora Corey, se elas tava na estrada do vale, do lado de cá, e num chegaro na sua casa, acho que elas deve ter ido pro vale mesmo. Só pode ser isso. Eu sempre digo que o Vale d'Água Fria num é um lugar saudável nem decente. Os *bacurau* e os *pirilampo* de lá nunca se *comportaro* como *criatura* de Deus... e tem gente que fala que, se *ocê* fica no lugar certo, entre a queda-d'água e a Toca do Urso, dá *pr'ouvir* umas *coisa estranha* sussurrando e cochichando lá embaixo.

Ao meio-dia, três quartos dos homens e rapazes de Dunwich marcharam pelos campos e estradas entre as recentes ruínas da família Whateley e o Vale d'Água Fria, examinando aterrorizados as imensas e monstruosas pegadas, o gado mutilado dos Bishop, os estranhos e asquerosos restos da casa, a vegetação machucada e abatida dos campos e da beira da estrada. O que quer que fosse aquilo à solta pelo mundo com certeza descera a sinistra ravina, pois todas as árvores das encostas estavam inclinadas e partidas, e uma grande passagem se abrira na vegetação rasteira do precipício. Era como se uma casa, empurrada por uma avalanche, tivesse deslizado pelo matagal emaranhado da encosta quase vertical. Não se ouvia nada vindo lá de baixo, mas era perceptível um fedor distante e indefinível — e não é de se espantar que os homens preferiram ficar na beira do precipício discutindo em vez de descer e encarar o horror ciclópico em sua toca. Os três cães que acompanhavam o grupo chegaram latindo em fúria, mas se acuaram relutantes assim que se aproximaram do vale. Alguém repassou a notícia ao *Aylesbury Transcript*, porém o editor, já acostumado com as lorotas exageradas de Dunwich, não fez nada além de escrever um parágrafo jocoso sobre o ocorrido — que foi posteriormente reproduzido pela *Associated Press*.

Naquela noite, todos foram para casa, e todas as casas e estábulos estavam protegidas por firmes barricadas. E nem é preciso dizer que nenhum gado ficou pastando em campo aberto. Por voltas das duas da manhã, um terrível odor e os latidos selvagens dos cães acordaram a casa de Elmer Frye, na extremidade leste do Vale d'Água Fria, e toda a família disse ter ouvido um tipo de chiado ou batidas abafadas vindo de algum lugar de fora. A senhora Frye sugeriu que telefonassem para os vizinhos, e Elmer estava prestes a concordar quando um barulho de madeira se partindo interrompeu a conversa. Pelo que parecia, o ruído viera do estábulo, seguido de uma horrenda gritaria junto a patas do gado batendo no chão. Os cães babavam e se abaixavam aos pés da família paralisada de medo. Frye acendeu uma lanterna por força do hábito, mas sabia que seria suicídio sair na escuridão do quintal. As crianças e as mulheres choramingavam, impedidas de gritar por algum obscuro e vestigial instinto de defesa que lhes dizia que a vida delas dependia do silêncio. Por fim, o ruído do gado foi diminuindo até dar lugar a um gemido lamentável; e então ouviram um escarcéu de coisas estalando, quebrando e se espatifando. Toda a família Frye, amontoada na sala de estar, não ousou se mexer até que os últimos ecos cessassem lá no fundo do Vale d'Água Fria. Então, em meio aos pobres gemidos no estábulo e o piado demoníaco dos bacuraus no vale, Selina Frye cambaleou até o telefone e espalhou as informações que conseguiu sobre a segunda fase do horror.

No dia seguinte, toda a região rural estava em pânico, e grupos acuados iam e vinham calados do local em que o evento demoníaco ocorrera. Um dos lados do velho estábulo vermelho desmoronara por completo, monstruosas pegadas cobriam os trechos de solo escalvado e dois rastros titânicos de destruição se estendiam do vale até a fazenda Frye. Do gado, apenas um quarto pôde ser encontrado e identificado. Alguns dos animais estavam curiosamente despedaçados, e todos os sobreviventes tiveram de ser sacrificados. Earl Sawyer sugeriu que pedissem ajuda a Aylesbury ou Arkham, mas os outros insistiram que de nada adiantaria. O velho Zebulon Whateley, de um ramo da família que ficava entre a integridade e a decadência, fez sugestões absurdas, que envolviam rituais macabros nos topos das colinas. Esse senhor descendia de uma linhagem de fortes tradições, e suas lembranças de cânticos entoados nos grandes círculos de pilares de pedras não eram de fato relacionadas a Wilbur e seu avô.

A noite voltou a cair sobre aquela abatida região, passiva demais para organizar uma defesa efetiva. Em alguns casos, famílias muito próximas se reuniam e ficavam à espera da escuridão sob um único teto; mas a maioria somente refazia as barricadas da noite anterior, além da conduta fútil e ineficaz de manter mosquetes e forcados à mão. Nada, porém, sucedeu além de alguns ruídos na colina; e quando raiava o dia, muitos alimentavam a esperança de que o novo horror partira tão depressa quanto chegara. Alguns corajosos até propuseram uma expedição ofensiva que fosse ladeira abaixo, embora não tenham se atrevido a dar um exemplo prático à maioria ainda relutante.

Quando a noite voltou a cair, as barricadas foram refeitas — ainda que quase nenhuma família se reunisse mais. Na manhã seguinte, tanto a família Frye como a Bishop relataram agitação entre os cães, além de ruídos abafados e odores que vinham de longe; ao passo que exploradores matinais se assustaram ao dar de cara com um novo conjunto de pegadas monstruosas na estrada que margeava o Monte Sentinela. Como da outra vez, via-se na destruição das beiras da estrada a dimensão do brutal e blasfemo horror; enquanto a disposição das pegadas parecia sugerir um trajeto de ida e volta — como se a montanha rastejante tivesse vindo do Vale d'Água Fria e retornado pelo mesmo caminho. Na base da colina, formou-se uma trilha de pequenos arbustos pisoteados que se estendia por nove metros e subia abruptamente pela encosta, deixando os investigadores boquiabertos ao notar que nem mesmo os pontos mais perpendiculares contiveram aquele rastro inexorável. Independentemente da natureza do horror, ele podia escalar um penhasco pedregoso quase totalmente vertical; e os investigadores, ao subir a colina por rotas mais seguras, descobriram que as pegadas terminavam no topo da colina — ou melhor, mudavam de direção ali.

Era nesse local que os Whateley costumavam acender suas fogueiras demoníacas e entoar rituais demoníacos próximo à pedra em formato de mesa na Noite de Santa Valburga e no Dia de Todos os Santos. Agora, aquela mesma pedra passara a demarcar o centro de um vasto espaço castigado pelo montanhoso horror; e sobre a superfície levemente côncava foi encontrada uma poça espessa e fétida da mesma substância observada no chão das ruínas da propriedade dos Whateley quando o horror escapou. Naquele momento, os homens se entreolharam e murmuram algo. Depois, analisaram o precipício. Aparentemente, o horror descera por praticamente a mesma trilha da subida. Enfim, era inútil ficar especulando, pois a razão, a lógica e o instinto natural se confundiam. Apenas o velho Zebulon, que não estava com o grupo, poderia ter feito jus à situação ou sugerido alguma explicação plausível.

A noite de quinta-feira começou como tantas outras, mas terminou de maneira mais trágica. Os bacuraus no vale gritaram com uma persistência tão incomum que muitos não conseguiram dormir e, por volta das três da manhã, todos os telefones comunitários tocaram. Aqueles que atenderam ouviram uma voz apavorada de medo gritando "Socorro! Ai, meu Deus...", e alguns tiveram a impressão de ter escutado o barulho de algo se estilhaçando após a fala interrompida. E não se ouviu mais nada. Ninguém ousou fazer coisa alguma, e até o amanhecer nem uma única pessoa soube de onde a ligação viera. Enfim, aqueles que ouviram o pedido de socorro ligaram para todas as linhas comunitárias, e notaram que somente a família Frye não respondia.

A verdade apareceu somente uma hora depois, quando um grupo de homens armados rapidamente se reuniu e partiu em direção à propriedade dos Frye, no topo do vale. Foi terrível, mas já esperado. Havia ainda mais rastros e pegadas monstruosas, mas não se via casa alguma. Ela cedera como uma casca de ovo e, em meio às ruínas, não foi possível encontrar nada — vivo ou morto. Apenas um cheiro angustiante e aquele piche pegajoso. A família de Elmer Frye fora apagada de Dunwich.

Capítulo 8

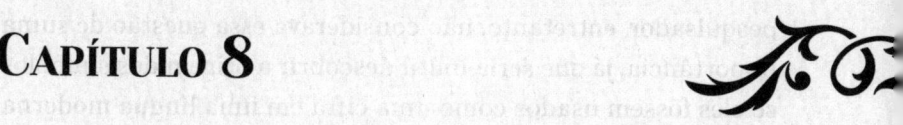

Nesse meio-tempo, uma fase mais calma do horror, ainda que mais pungente do ponto de vista espiritual, desenrolava-se atrás da porta fechada de uma sala cheia de prateleiras em Arkham. O curioso registro ou diário manuscrito de Wilbur Whateley, enviado à Universidade de Miskatonic para tradução, causara bastante preocupação e perplexidade entre os estudiosos de línguas antigas e modernas. A despeito de algumas semelhanças entre o alfabeto utilizado e a densa caligrafia árabe encontrada na Mesopotâmia, aquelas letras eram completamente inéditas para todas as autoridades consultadas. Por fim, os linguistas chegaram à conclusão de que o texto fora escrito em um alfabeto artificial, a fim de elaborar uma linguagem cifrada — embora nenhum dos métodos mais conhecidos de solução criptográfica tivesse fornecido alguma pista, mesmo quando aplicado com base em cada uma das línguas que o escritor poderia ter utilizado de maneira concebível. Quanto aos livros centenários trazidos da casa dos Whateley, ainda que fossem extremamente interessantes e, em muitos casos, pudessem inaugurar estupendas linhas de pesquisa entre filósofos e homens da ciência, não serviram para nada nesse caso. Um deles, um pesado volume com fecho de ferro, estava em outro alfabeto desconhecido; mas os caracteres eram bem diferentes, mais parecidos com o sânscrito do que com qualquer outra língua.

O antigo diário de registros foi enfim entregue aos cuidados do doutor Armitage, tanto em razão de seu singular interesse no caso dos Whateley como em virtude de seu amplo conhecimento e pesquisa linguística, além de suas habilidades com fórmulas místicas da Antiguidade e da Idade Média. Armitage suspeitava que aquele alfabeto pudesse ser de raiz esotérica, utilizado em certos rituais proibidos que descendiam de tempos antigos e herdavam inúmeras tradições de bruxos do mundo sarraceno. O pesquisador, entretanto, não considerava essa questão de suma importância, já que seria inútil descobrir a origem dos símbolos se eles fossem usados como uma cifra em uma língua moderna — como suspeitava. Armitage acreditava que, tendo em vista a grande quantidade de texto escrito, o autor dificilmente teria se dado ao trabalho de empregar outra língua se não a dele — a não ser em determinadas fórmulas e feitiços especiais. Por conseguinte, devorou o manuscrito a partir da hipótese preliminar de que grande parte daquilo estava escrita em inglês.

O HORROR DE DUNWICH

Com base nos repetidos fracassos dos colegas, o doutor Armitage sabia que o enigma era profundo e complexo, e que nenhum método simplório deveria sequer ser testado. Durante todo o fim de agosto, ele se muniu de todo o conhecimento possível sobre criptografia, fazendo uso de todos os recursos da própria biblioteca e mergulhando noite após noite nos mistérios da *Poligrafia*, de Tritêmio, no *De Furtivis Literarum Notis*, de Giambattista della Porta, do *Traité des Chiffres*, de De Vigenère, de *Cryptomenysis Patefacta*, de John Falconer, e dos tratados do século 18 escritos por Davys e Thicknesse, além de obras de autores mais modernos, como Blair e Van Marten, e o próprio roteiro de Klüber. A essa altura, Armitage já estava convencido de que lidava com um dos mais sofisticados e engenhosos criptogramas, no qual várias listas de letras correspondentes são arranjadas como uma tabuada e a mensagem elaborada é construída a partir de palavras-chave arbitrárias, identificadas apenas por quem já conhece o sistema. Os autores do passado pareciam ser muito mais úteis do que os atuais, e Armitage concluiu que o código do manuscrito era bem antigo, certamente transmitido por inúmeras gerações de experimentadores místicos. Por diversas vezes ele pensou ter encontrado uma luz no fim do túnel, mas sempre se deparava com algum obstáculo no meio do caminho. No entanto, conforme setembro se aproximava, Armitage notou que essa luz começava a se intensificar. Algumas letras utilizadas em determinadas partes do manuscrito surgiram de maneira definitiva e inequívoca — tornando-se claro que o texto realmente estava escrito em inglês.

Na noite do dia 2 de setembro, o último grande obstáculo foi vencido e, pela primeira vez, o doutor Armitage pôde ler uma passagem contínua dos registros de Wilbur Whateley. De fato, se tratava de um diário, como todos pensavam, e o estilo dos escritos evidenciava a mistura de uma erudição dissimulada com a falta de instrução do estranho ser que o escrevera. Uma das primeiras passagens mais longas decifradas por Armitage, um registro do dia 26 de novembro de 1916, revelou-se altamente alarmante e inquietante. Como ele bem lembrou, fora escrita por uma criança de três anos e meio que parecia um garoto de doze ou treze.

    Hoje aprendi o *Aklo* para o *Sabaoth* [assim dizia o trecho], que eu não gostei, porque ele é responsável pela colina e não pelo ar. Aquilo no andar de cima estava mais perto de mim do que eu achei que estaria, e ele não parece ter uma cabeça muito humana. Atirei no cachorro do Elam Hutchins quando ele veio me morder, e o Elam disse que me mataria se tivesse coragem. Eu acho que ele não vai, não. Meu avô me fez ficar repetindo a fórmula do *Dho* ontem à noite, e eu acho que vi a cidade interna nos dois polos magnéticos. Se eu não conseguir atravessar com a fórmula do *Dho-Hna* quando declamar as palavras, vou acabar indo para esses dois polos quando a Terra for evacuada. Aqueles lá do ar me disseram no Sabbat que vai levar muito tempo até eu limpar toda a Terra, e eu acho que o meu avô vai estar morto até lá, então eu tenho que aprender todas as partes dos planos e todas as fórmulas entre o *Yr* e o *Nhhngr*. Aqueles de fora vão me ajudar, mas eles não conseguem assumir um corpo sem sangue humano. Parece que aquele lá de cima terá a aparência apropriada. Eu consigo ver ele um pouco quando faço o sinal do *Voorish* ou assopro o pó de *Ibn Ghazi* nele, e é bem parecido com aqueles que aparecem na colina na Noite de Santa Valburga. O outro rosto pode desaparecer um pouco. Às vezes eu me pergunto como serei quando a Terra for evacuada e não sobrar mais nenhum ser terrestre. Aquele que veio com o *Aklo Sabaoth* disse que talvez eu me transfigure e que teremos que nos esforçar muito com a minha aparência.

    O sol raiou e encontrou o doutor Armitage suando frio de pavor, num transe de total concentração. Ele passara a noite perscrutando o manuscrito, mas seguia sentado sob a luz elétrica da escrivaninha, virando página por página com as mãos trêmulas, tão rápido quanto conseguia decifrar o texto criptografado. Havia telefonado à esposa, dizendo com a voz nervosa que não iria para casa — e quando ela lhe levou um café da manhã, ele mal tocou na comida. Ao longo de todo o dia, ele continuou lendo, e às vezes parava enlouquecido com algum caso em que se fazia necessário reaplicar a complexa chave dos enigmas. O almoço e o jantar lhe foram levados, mas ele comeu apenas uma mísera porção de ambas as refeições. No meio da noite seguinte, Armitage cochilou na cadeira, mas logo despertou de um emaranhado de pesadelos quase tão tenebrosos quanto as verdades e ameaças à existência humana que descobrira.

Na manhã do dia 4 de setembro, o professor Rice e o doutor Morgan insistiram em vê-lo por uns instantes — e de lá saíram trêmulos e pálidos. Naquela noite ele foi para a cama, mas teve um sono bastante irregular. Na quarta-feira — isto é, no dia seguinte — ele retornou ao manuscrito e começou a tomar inúmeras notas, tanto das seções em que ainda estava trabalhando como daquelas já decifradas. Nas primeiras horas daquela noite, ele dormiu um pouco numa poltrona do escritório, mas, antes mesmo do amanhecer, já estava de volta ao manuscrito. Um pouco antes do meio-dia, seu médico, o doutor Hartwell, foi visitá-lo e insistiu para que fizesse uma pausa no trabalho. Armitage recusou e deu a entender que a conclusão da leitura do diário se tratava de uma questão de vida ou morte para ele, porém prometeu explicar tudo quando chegasse a hora certa. Assim que surgiu o crepúsculo daquela tarde, ele terminou a assombrosa análise e afundou na poltrona exausto. A esposa, ao lhe levar o jantar, encontrou o marido num estado quase vegetativo, mas ele estava consciente o bastante para adverti-la com um grito no instante em que viu seus olhos vagando na direção das notas que tomara. Levantando-se com muita dificuldade, apanhou todos os rabiscos e os lacrou num grande envelope, colocando-o no bolso interno do casaco sem demora. Ele tinha força suficiente para chegar em casa, mas era tão visível sua necessidade de cuidados médicos que o doutor Hartwell foi imediatamente chamado. Quando o médico o colocou na cama, ele só conseguia murmurar repetidas vezes "Mas o que, em nome de Deus, podemos fazer?".

O doutor Armitage adormeceu, contudo passou o dia seguinte num estado meio delirante. Embora não tenha dado qualquer explicação ao doutor Hartwell, num dos momentos de maior tranquilidade ele comentou sobre a imperiosa necessidade de uma longa reunião com Rice e Morgan. Já nos momentos de divagações mais severas, a situação ficava realmente assustadora, haja vista os apelos frenéticos para que alguma coisa numa casa de campo vedada fosse destruída, além das referências surreais a algum plano de aniquilação de toda a raça humana, de todos os animas e vegetais com vida na Terra, por alguma raça mais antiga de seres vindos de outra dimensão. Ele gritava dizendo que o mundo estava em perigo, pois os Seres Ancestrais queriam esvaziá-lo e levá-lo do Sistema Solar e do cosmos de matéria até outra fase ou plano do qual haviam caído há vinte bilhões de eras. Em outros momentos, ele gritava pelo temido *Necronomicon* e o *Daemonolatreia of Remigius*, nos quais parecia nutrir a esperança de encontrar alguma fórmula que contivesse o perigo que evocara.

— Detenham-nos, detenham-nos — ele gritava. — Aqueles Whateley queriam deixá-los entrar, e o pior deles ficou aqui! Diga ao Rice e ao Morgan que precisamos fazer alguma coisa... é uma missão às cegas, mas eu sei como fazer o pó... a coisa não foi alimentada desde o dia 2 de agosto, quando Wilbur veio até aqui ao encontro da morte, e se continuar assim...

Armitage, no entanto, tinha um corpo bastante resistente para seus setenta e três anos, e uma boa noite de sono curou seu transtorno, sem que desenvolvesse nenhuma febre real. Na sexta-feira, ele acordou tarde e com a mente lúcida, apesar do medo incessante e um tremendo senso de responsabilidade. Já na tarde de sábado, Armitage se sentiu apto para retornar à biblioteca e convocar Rice e Morgan para uma reunião — e pelo resto daquele dia, até o cair da noite, os três homens quebraram a cabeça com as especulações mais absurdas e o debate mais desesperado. Livros bizarros e aterrorizantes eram retirados aos montes das prateleiras e dos esconderijos em que ficavam guardados em segurança; e diagramas e fórmulas foram copiadas numa agitação frenética e em quantidades exorbitantes. O ceticismo passava longe. Depois que os três senhores haviam visto o corpo de Wilbur Whateley largado no chão de uma sala daquele mesmo prédio, nenhum deles ficou minimamente inclinado a tratar o diário como delírio de um lunático.

As opiniões se dividiram entre notificar ou não a polícia estadual de Massachusetts, mas eles optaram por deixar isso de lado. Havia coisas envolvidas que simplesmente não seriam levadas a sério por quem nunca tivesse presenciado uma amostra, como ficou claro durante certas investigações posteriores. Já era tarde da noite quando a reunião foi encerrada sem que um plano definitivo estivesse estabelecido, mas Armitage passou todo o domingo comparando fórmulas e misturando substâncias que tinha arranjado no laboratório da faculdade. Quanto mais ele refletia sobre o diabólico diário, mais se inclinava a duvidar da eficácia de qualquer elemento material contra a entidade que Wilbur Whateley deixara para trás — a entidade que ameaçava a Terra e que, sem que ele ainda soubesse, estava prestes a irromper em algumas horas e se transformar no horror de Dunwich.

Para o doutor Armitage, o domingo se repetiu na segunda, pois a tarefa que tinha em mãos exigia uma infinidade de pesquisas e experimentos. Novas consultas ao monstruoso diário trouxeram diversas mudanças de plano; e ele sabia que, mesmo no fim do processo, uma grande incerteza ainda permaneceria. Na terça-feira, Armitage já tinha uma linha de ações traçada e planejava uma viagem a Dunwich em menos de uma semana. Então, na quarta-feira, veio o grande impacto.

Escondida num canto obscuro do *Arkham Advertiser*, uma nota da *Associated Press* debochava sobre um monstro extraordinário que o uísque contrabandeado de Dunwich teria despertado. Então, meio atordoado, Armitage só conseguiu telefonar para Rice e Morgan. Os três passaram a noite discutindo e, no dia seguinte, deram início a um turbilhão de preparativos. Armitage sabia que estaria se envolvendo com forças hediondas, mas compreendeu que não havia outra saída para anular os profundos e malignos envolvimentos que outros haviam desenvolvido antes dele.

Capítulo 9

Na manhã de sexta-feira, Armitage, Rice e Morgan partiram de carro para Dunwich e chegaram ao vilarejo por volta de uma da tarde. O dia estava agradável, mas até sob o raio de sol mais brilhante havia um tipo de angústia, um portento silencioso que parecia pairar sobre as colinas estranhamente arredondadas e as profundas ravinas sombrias daquela abalada região. Vez ou outra, no topo de alguma montanha, um desolado círculo de pedras podia ser visto contra o céu.

Pelo clima de tácito terror no armazém de Osborn, deduziram que alguma atrocidade ocorrera; e logo souberam da aniquilação da casa e da família de Elmer Frye. Durante toda a tarde, eles percorreram a região de Dunwich e foram golpeados por uma onda de crescente pavor ao interrogar os moradores sobre os detalhes da tragédia; vendo com os próprios olhos as horrendas ruínas da família Frye, os restos daquela gosma pegajosa, os rastros de pegadas no quintal, o gado ferido de Seth Bishop e os enormes trechos de vegetação arrasada. Armitage enxergou uma violência devastadora naquela trilha que subia e descia o Monte Sentinela, então passou um tempo no cume, analisando a sinistra pedra com aparência de altar.

Por fim, após tomar conhecimento de um grupo da polícia estadual que, naquela manhã, viera de Aylesbury atender ao primeiro chamado pela tragédia da família Frye, os visitantes decidiram procurar os policiais para comparar seus registros. Isso, porém, foi mais fácil na teoria do que na prática, já que não encontraram nem sinal do grupo. Souberam que estavam em cinco oficiais num carro, mas o veículo fora encontrado vazio perto das ruínas no quintal da família Frye. A princípio, todos os moradores que tinham conversado com os policiais pareceram tão perplexos quanto Armitage e os companheiros. Em seguida, o velho Sam Hutchins empalideceu ao notar algo e, cutucando Fred Farr, apontou para um buraco úmido e profundo que se abria ali perto.

— Deus do céu! — ele exclamou. — Eu disse *pr'eles num* descer o vale... e eu achei que ninguém ia ser doido de *fazê* isso com aquelas *pegada*, aquela carniça e os bacurau gritando lá embaixo, na escuridão em pleno dia.

Um arrepio gelado percorreu o corpo dos moradores e dos visitantes, e pareceu que as orelhas se estiraram de maneira instintiva, como se todos tivessem inconscientemente focados em tentar ouvir alguma coisa. Naquele momento em que realmente se deparou com o horror e seus feitos diabólicos, Armitage tremeu diante da responsabilidade que julgava ser dele. A noite em breve cairia, e a maldição colossal seguiria seu rumo infernal. "*Negotium perambuians in tenebris. Negotium perambuians in tenebris...*", o velho bibliotecário ensaiava as fórmulas que havia memorizado e, empunhando um papel com outras alternativas que não conseguira decorar, checou se sua lanterna elétrica estava funcionando direito. Rice, ao lado dele, tirou da valise um pulverizador de metal utilizado para combater insetos; enquanto Morgan sacou do estojo um rifle de caça, no qual ele confiava a despeito dos avisos do colega, que insistia na ineficácia de qualquer arma material.

Tendo lido o horrendo diário, Armitage infelizmente sabia muito bem que tipo de manifestação esperar, mas não quis aumentar o pânico do povo de Dunwich com mais detalhes. Ele torcia para que o horror pudesse ser derrotado sem que o resto do mundo soubesse da coisa monstruosa que escapara. À medida que a escuridão caía, os moradores começaram a se dispersar, ansiosos para se trancar em casa apesar da concreta evidência de que nenhum trinco ou fechadura seria eficaz diante de uma força que podia entortar árvores e demolir residências quando bem quisesse. Porém, um pouco antes de se recolher, eles negaram de maneira veemente o plano do trio visitante de montar guarda nas ruínas da família Frye, perto do vale — e quando partiram, tinham poucas esperanças de voltar a vê-los.

Estrondos rompiam das colinas naquela noite, e os bacuraus piavam em tom de ameaça. De vez em quando, um vento subia do Vale d'Água Fria e trazia um inefável fedor ao denso ar noturno; um mau cheiro específico que os três vigilantes já haviam sentido antes, quando ficaram diante da coisa moribunda que fora tida como humana por quinze anos e meio. No fim das contas, o horror esperado não apareceu. O que quer que estivesse lá no fundo da ravina esperava o momento oportuno, e Armitage disse aos colegas que seria suicídio tentar atacá-lo no escuro.

A manhã surgiu desbotada, e os sons noturnos cessaram. Era um dia cinzento e sombrio, com chuviscos esporádicos, e as nuvens pareciam se aglomerar para além das colinas a noroeste, cada vez mais pesadas. Os homens de Arkham não sabiam o que fazer e, procurando abrigo da chuva sob um dos únicos barracões que haviam restado na propriedade dos Frye, o trio debateu se seria mais sensato esperar ou tomar uma atitude mais agressiva, descendo até o fundo da ravina em busca da inominável presa monstruosa. Enquanto isso, a tempestade ficava cada vez mais forte, e estouros de trovões ecoavam do horizonte distante. Um relâmpago difuso bruxuleou no céu, seguido por um raio de quatro pontas que brilhou mais perto, como se descesse até as entranhas do vale amaldiçoado. De repente, o céu escureceu e os homens vigilantes ainda esperavam que, apesar de intenso, o temporal fosse curto e logo se dissipasse.

Ainda estava terrivelmente escuro quando, um pouco mais de uma hora depois, eles ouviram um vozerio babilônico ressoando pela estrada. No momento seguinte, avistaram um grupo de mais de doze homens aterrorizados, correndo, gritando e até choramingando num surto de histeria. Alguém à frente começou a gaguejar algumas palavras, e os homens de Arkham pularam de susto quando o discurso começou a tomar uma forma coerente.

— Ai, meu Deus, meu Deus... — a voz balbuciava — tá acontecendo de novo... e agora na luz do dia! A coisa tá solta... e tá andando por aí agora mesmo! Só Deus sabe quando vai chegar nossa vez...

O primeiro que falava se calou ofegante, mas logo outro membro prosseguiu com a mensagem.

— Nem uma hora atrás o Zeb Whateley ouviu um telefone tocando, e era a senhora Corey, *muié* do George, que mora pra lá do cruzamento. Ela disse que o empregado dela, o menino Luther, *tava* no campo tirando as *vaca* do pé d'água, depois daquele raio forte... aí ele viu as *árvore* tudo envergando na boca do vale, lá do outro lado, e sentiu a mesma catinga da segunda passada, quando ele *encontrô* as enorme *pegada* de manhã. Daí ela disse que o menino *escutô umas* batida que mais parecia uns *tapa*, muito mais forte que as árvore e os arbusto envergado podia *fazê*... e de repente as *árvore* da estrada *começaro* a *caí* pro lado, junto *c'um* barulho horrível *d'uns passo pesado* espirrando lama. Mas *óia* só... o Luther não viu nadinha, só *as árvore envergada* e o matagal pisoteado.

— Daí lá longe, onde o riacho dos Bishop passa debaixo da estrada, ele ouviu um barulho que parecia uns *rangido* na ponte, e disse que deu pra *escutá* o barulho das *madera* começando a *estralá* e *arrebentá*. E todo esse tempo ele num viu nada, só as *árvore* e os *arbusto envergado*.. E quando o rangido *ficô* bem longe... indo na direção da propriedade do bruxo Whateley e do Monte Sentinela... o Luther teve a *corage* de ir até onde ele ouviu o primeiro barulho e *oiá* o chão. *Tava* tudo cheio de lama e água, o céu *tava* escuro, a chuva varria *as pegada* muito rápido... mas, perto da boca do vale, onde as *árvore saíro* do lugar, ainda tinha *umas pegada*, grande que nem a tampa *d'um* barril... como ele já tinha visto na segunda-feira.

Nesse ponto, aquele que primeiro se pôs a falar o interrompeu.

— Mas isso nem é o problema agora — voltou a discursar. — O Zeb *tava* aqui reunindo o povo, e todo mundo *tava* prestando atenção quando veio uma ligação do Seth Bishop. A Sally, empregada dele, *tava* apavorada... ela tinha acabado de vê *as árvore* tombando do lado da estrada, e ainda disse que ouviu um barulho meio abafado, tipo um elefante bufando e marchando na direção da casa. Daí ela *falô* d'uma catinga e disse que o menino dela, o Chauncey, *tava* gritando porque o fedor era igualzinho a inhaca que ele tinha sentido nas *ruína* dos Whateley na segunda de manhã. E foi assustador o tanto que os *cachorro* latia e chorava.

— Daí ela *soltô* um grito arrepiante, e disse que o galpão perto da estrada tinha desmoronado, como se a tempestade tivesse derrubado ele... mas o vento num era tão forte assim pra *fazê* aquele estrago. Todo mundo *tava* escutando, e dava pra ouvir um monte de gente ofegante na linha comunitária. De repente, a Sally *gritô* de novo, dizendo que a cerca da barricada *tava* destroçada... mas não tinha nem sinal de quem tinha feito aquilo. Todo mundo na linha conseguia ouvir o Chauncey e o velho Seth Bishop gritando junto, daí a Sally *berrô* que alguma coisa muito forte tinha acertado a casa... *num* era um raio nem nada, era alguma coisa muito pesada batendo na entrada, se jogando contra a parede várias *vez*... e *num* dava pra *vê* nada pelas *janela*.. E depois... depois...

Linhas de preocupação se aprofundaram no semblante de todos; e Armitage, abalado como estava, mal teve compostura para pedir que o homem resumisse logo o discurso.

— E depois... a Sally *gritô* bem alto "Socorro! A casa tá desabando..."; aí na linha *nóis ouvimo* um estrondo terrível e uma gritaria... igualzinho o dia que a casa do Elmer Frye foi tomada, e...

O homem fez uma pausa, e outro na multidão prosseguiu.

— E *acabô* aí... nem mais um grito, nem um pio no telefone depois disso. Tudo mudo. Daí *nóis* que *ouvimo* aquilo *pegamo* uns *caminhão*, umas carroça, e *reunimo* os *home* mais *forte* que *pudemo* pra ir na casa dos Corey... e aí *viemo* aqui ver o que o *sinhô* acha *mió fazê*. Mas eu ainda acho que tudo isso é castigo de Deus pelas *nossa malvadeza*... coisa que mortal nenhum pode *evitá*.

Armitage então concluiu que chegara o momento de uma ação ofensiva, e falou decidido com aquele frágil grupo de camponeses apavorados.

— Temos de ir atrás dele, senhores — declarou do modo mais reconfortante que pôde. — Acredito que existe uma chance de derrotá-lo. Os senhores sabem que aqueles Whateley eram feiticeiros... pois bem, tudo isso é coisa de feitiçaria... e deve ser combatido pelos mesmos meios. Eu vi o diário de Wilbur Whateley, li alguns dos estranhos livros que ele costumava ler... e acho que descobri o tipo certo de feitiço que precisa ser declamado para que a coisa vá embora. É claro que não dá para ter certeza, mas podemos tentar. Essa coisa é invisível... e eu já sabia que seria... mas trouxemos um pó neste pulverizador de longa distância que pode fazê-lo aparecer por um segundo. Mais tarde vamos experimentá-lo. É aterrorizante saber que essa coisa está viva, mas não é tão ruim quanto aquilo que Wilbur teria invocado se tivesse permanecido aqui. Os senhores nunca saberão do que o mundo escapou. Agora só temos essa coisa para combater, e ela não pode se multiplicar. No entanto, ela pode causar muito estrago, portanto não devemos hesitar em livrar a comunidade disso.

— Devemos segui-la, começando pelo local que acabou de ser destruído. Peço que alguém nos guie até lá... não conheço muito bem as estradas desta região, mas deve existir algum atalho que corte os terrenos. O que me dizem?

Os homens hesitaram por um momento, então Earl Sawyer sussurrou, apontando um dedo encardido para a chuva que diminuía cada vez mais.

— Eu acho que dá pra *chegá* na propriedade do Seth Bishop mais rápido se cortar pelo lado de baixo. É só *cruzá* a parte rasa do córrego, subir o gramado do Carrier e *atravessá* o bosque mais pra frente. Daí chega na estrada de cima, bem pertinho da casa do Seth... só um poco mais pro lado.

Acompanhado de Rice e Morgan, Armitage se pôs a caminhar na direção indicada, e a maioria dos homens o seguiu lentamente. O céu começava a clarear, dando sinais de que a tempestade tinha passado. Quando Armitage sem querer tomou a direção errada, Joe Osborn o avisou e tomou a frente para indicar o caminho correto. Quase no fim do atalho, a coragem e a confiança cresciam, embora fossem duramente testadas pela escuridão que pairava no bosque da colina quase perpendicular, por onde passaram engatinhando entre fantásticas árvores ancestrais, como se subissem uma escada de joelhos.

Finalmente, emergiram numa estrada lamacenta a tempo de ver o sol raiar. Estavam um pouco além da propriedade de Seth Bishop, mas as árvores envergadas e as inconfundíveis e medonhas pegadas mostravam o que havia acontecido por ali. Levaram apenas alguns segundos para analisar as ruínas do outro lado da curva, e logo concluíram que se tratava de uma repetição do incidente com a família Frye. Nada vivo ou morto foi encontrado nos escombros que antes eram a residência e o estábulo da família Bishop. Ninguém queria ficar lá, em meio ao mau cheiro e à gosma pegajosa, mas todos se viraram de uma vez para a trilha de medonhas pegadas que seguia em direção aos destroços da casa dos Whateley e às encostas do Monte Sentinela — aquele coroado pelo famoso altar de pedra.

Assim que atravessaram o local onde Wilbur Whateley havia morado, os homens estremeceram e um misto de incerteza com determinação voltou a transparecer. Não era brincadeira seguir as pegadas de uma coisa grande como uma casa, mas invisível e maligna como um demônio. Chegando à base do Monte Sentinela, as pegadas saíam da estrada e seguiam por uma extensa trilha de árvores tombadas e mato pisoteado, revelando a primeira rota de subida e descida do topo.

Armitage então pegou um telescópio portátil de potência considerável e vasculhou a íngreme encosta verde. Em seguida, passou o instrumento para Morgan, cuja visão era mais aguçada.

Depois de um momento observando, Morgan gritou do nada e passou o telescópio para Earl Sawyer, apontando um lugar específico na encosta. Sawyer, desajeitado como qualquer pessoa pouco habituada a aparelhos ópticos, atrapalhou-se por um instante, mas logo conseguiu focar as lentes com a ajuda de Armitage, e assim que o fez, soltou um grito menos contido do que o de Morgan.

— Deus do céu! A grama e os *arbusto tão* se mexendo! *Tão* subindo devagarzinho, rastejando até o topo agora mesmo... sabe-se Deus pra quê!

Então o vírus do pânico pareceu se espalhar entre aqueles que apenas observavam. Uma coisa era caçar uma entidade desconhecida, outra coisa era encontrá-la. Os feitiços poderiam estar certos — mas e se não estivessem? Algumas vozes começaram a questionar Armitage sobre o que ele sabia da coisa, mas nenhuma resposta parecia satisfatória. Todos aparentavam se sentir em comunhão com as fases da natureza e sendo totalmente proibidos e excluídos de uma experiência humana sensata.

Capítulo 10

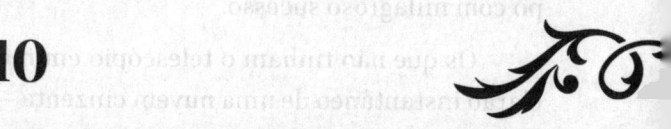

No fim das contas, os três senhores de Arkham — o velho doutor Armitage, com sua barba branca, o forte professor Rice, com seus cabelos grisalhos, e o jovem e esbelto doutor Morgan — subiram a colina sozinhos. Depois de uma detalhada instrução sobre o foco e o modo de uso, deixaram o telescópio com o grupo acovardado que permaneceu na estrada e, conforme subiam, eram observados de perto por quem recebia o aparelho que passava de mão em mão. O deslocamento foi custoso, e Armitage precisou de ajuda mais de uma vez. Bem acima do exausto trio, a grande trilha estremecia toda vez que seu demoníaco criador passava com o cuidado de uma lesma; então, ficou óbvio que os perseguidores estavam ganhando espaço.

Curtis Whateley — do ramo não decadente da família — estava em posse do telescópio quando o grupo de Arkham fez um brusco desvio da trilha. Ele logo relatou aos companheiros que os três estavam claramente tentando alcançar um pico secundário pelo qual a trilha não passava — e cuja localização estava consideravelmente à frente de onde os arbustos tombavam. Curtis realmente estava certo, e o trio foi visto chegando à elevação menor apenas alguns segundos depois de a invisível blasfêmia ter passado por ela.

Então Wesley Corey, que pegara o telescópio, gritou dizendo que Armitage estava ajustando o pulverizador que Rice segurava e que alguma coisa estava para acontecer. O grupo se agitava alvoroçado, lembrando que o pulverizador deveria tornar o horror visível por um momento. Dois ou três homens fecharam os olhos, porém Curtis Whateley puxou de volta o telescópio e forçou a vista ao máximo, notando que, do ponto estratégico acima e atrás da entidade, Rice tinha uma ótima chance de pulverizar o poderoso pó com milagroso sucesso.

Os que não tinham o telescópio em mãos, viram apenas o clarão instantâneo de uma nuvem cinzenta — mais ou menos do tamanho de um edifício — perto do topo da montanha. Já Curtis, que segurava o telescópio, soltou um grito lancinante e deixou o instrumento cair na densa lama da estrada, cambaleando para trás — e teria desmoronado no chão se outros dois ou três homens não o tivessem sustentado. Tudo o que Curtis conseguia fazer era murmurar de modo quase inaudível.

— Ai, ai... meu Deus... aquela... aquela...

Uma avalanche de perguntas se sucedeu, e apenas Henry Wheeler pensou em resgatar o telescópio e limpar a lama que o cobria. Curtis estava fora de si, e até respostas isoladas eram demais para ele.

— Maior que um estábulo... toda feita de corda retorcida... o formato de ovo de galinha... é maior que *qualqué* coisa, *c'uma* infinidade de *perna* que parece umas *cabeça* de porco que *fecha* quando *pisa*... *num* tem nada duro... é tudo mole *que nem* geleia, feita *d'umas* corda que se contorce e se junta... uns *zóio esbugalhado* por toda parte... umas dez ou vinte *boca* ou *tromba* que sai dos *lado*, grande *que nem* chaminé de fogão, tudo se mexendo... abrindo e fechando... inteirinha cinza, *c'umas argola* azul ou púrpura e... Deus do céu aquela cara pela metade na parte de cima...

O que quer que fosse essa última lembrança, ela se mostrou forte demais para o pobre Curtis, que desfaleceu sem dizer mais nada. Fred Farr e Will Hutchins o carregaram até a beira da estrada e o deitaram na relva úmida. Henry Wheeler, bastante trêmulo, apontou o telescópio resgatado para o monte, esperando encontrar alguma coisa. Pelas lentes, conseguiu ver três figuras minúsculas, aparentemente correndo tão depressa quanto a íngreme ladeira permitia. Só isso, e nada mais. Então, todos notaram um barulho anormal vindo do profundo vale atrás deles, e até mesmo da própria vegetação rasteira do Monte Sentinela. Era o gorjeio de inúmeros bacuraus, e seu coro de berros parecia carregar uma nota de tensa e maligna expectativa.

No mesmo instante, Earl Sawyer pegou o telescópio e relatou que as três figuras estavam no ponto mais alto do cume, quase no mesmo nível do altar de pedra, mas a uma distância considerável dele. Também disse que uma pessoa parecia estar erguendo as mãos sobre a cabeça em intervalos ritmados e, conforme ele narrava a situação, o grupo reunido teve a impressão de ouvir um ruído baixinho, meio melódico, como se um forte cântico acompanhasse os gestos. A estranha silhueta naquele pico remoto deve ter sido um espetáculo grotesco e grandioso, mas ninguém estava no clima para apreciações estéticas.

— Eu acho que ele *tá* recitando o feitiço — sussurrou Wheeler, pegando o telescópio de volta.

Os bacuraus piavam loucamente num curioso ritmo irregular, bastante diferente das outras vezes. De repente, sentiram como se a luz do sol tivesse desvanecido sem a intervenção de nenhuma nuvem. Tratava-se de um fenômeno bastante peculiar, evidente para todos que lá estavam. Em seguida, uma sequência de estrondos parecia crescer entre as colinas, misturando-se a estrondos semelhantes que claramente vinham do céu. Um raio lampejou lá no alto, e o grupo impressionado buscou em vão algum sinal de tempestade. O cântico dos homens de Arkham se tornara inconfundível, e Wheeler viu pelo telescópio que eles balançavam os braços no ritmo do encantamento. De alguma propriedade distante, veio um latido frenético de cães.

A mudança na luz do dia se intensificou, e as pessoas espantadas contemplavam o horizonte enquanto uma escuridão púrpura, formada a partir de uma intensificação espectral no azul do céu, descia sobre as colinas estrondosas. Então outro raio caiu, um pouco mais cintilante do que antes, e o grupo teve a impressão de que revelara certa névoa em torno do remoto altar de pedra. Ninguém, entretanto, usava o telescópio naquele momento. Os bacuraus prosseguiam no ritmo irregular, e os homens de Dunwich se preparavam para enfrentar alguma ameaça imensurável que parecia sobrecarregar a atmosfera.

Sem qualquer aviso, vieram os intensos, estridentes e ásperos sons vocais que nunca mais sairiam da mente daquele abatido grupo que os ouvira. Não vinham de nenhuma garganta humana, pois não há órgão humano que seja capaz de produzir tamanha perversidade acústica. Teria sido bem mais fácil se tivessem achado que os sons vinham das profundezas da ravina — mas estava claro demais que se originavam no altar de pedra, lá no alto do monte. Na verdade, é quase um erro chamá-los de sons, pois grande parte do medonho timbre tocava em pontos obscuros da consciência e do terror, muito mais inacessíveis do que os próprios tímpanos — mas ainda assim devem ser entendidos como sons, já que muito vagamente tomavam a incontestável aparência de palavras semiarticuladas. Eram altos, tão altos quanto os estrondos e os trovões com os quais se misturavam, embora não viessem de nenhum ser visível. E como a imaginação possivelmente sugerira uma suposta origem no mundo das coisas invisíveis, o grupo amontoado no sopé da colina se amontoou mais ainda, encolhido como se esperasse um golpe.

— Ygnailh... ygnaiih... thflthkh'ngha... Yog-Sothoth... — ressoou o pavoroso grasnido do além. — Y'bthnk... h'ehye... n'grkdl'lh.

O impulso da fala parecia fraquejar, como se uma batalha psíquica colossal estivesse ocorrendo. Henry Wheeler forçou a vista no telescópio, mas viu somente as três silhuetas grotescas dos homens no cume do monte, todas mexendo os braços, gesticulando de um jeito peculiar enquanto o encantamento se aproximava do apogeu. De que fossas sombrias de medo ou sentimento aquerôntico, de que incomensuráveis abismos de extracósmica consciência ou herança obscura, há tanto latente, proviriam aqueles semiarticulados grasnidos estrondosos? De súbito, os homens começaram a recuperar a força e a coerência, enquanto se deixavam levar por um delirante e derradeiro frenesi.

Eh-y-ya-ya-yahaah — e'yayayaaaa. — Eh-y-ya-ya-yahaah... e'yayayaaaa... ngh'aaaaa... ngh'aaa... h'yuh... h'yuh... SOCORRO! SOCORO!... pp - pp - pp - PAI! PAI! YOG-SOTHOTH!

E isso foi tudo. O grupo combalido na estrada, ainda trôpego diante daquele horror, nunca mais ouviria as espessas e estrondosas sílabas que jorraram em sua própria língua daquela região vazia ao lado do sórdido altar de pedra. Na verdade, esses senhores tiveram um violento sobressalto quando as colinas pareciam ter sido rasgadas pelo tremendo ruído — aquele ensurdecedor e cataclísmico estampido cuja origem, fossem as entranhas da terra ou do céu, nenhum ouvinte foi capaz de identificar. Um único raio cortou o céu roxo e atingiu o altar de pedra, seguido por uma violenta onda de força invisível e indescritível fedor, que varreu a colina e se espalhou por toda a região rural. Árvores, arbustos e gramados, tudo fora açoitado por aquela fúria; e as pessoas apavoradas no sopé da montanha, enfraquecidas pelo odor letal que por um triz não as asfixiou, foram quase lançadas ao chão. Cães uivavam ao longe, a relva e as folhagens esverdeadas desbotaram, assumindo um curioso tom amarelo-acinzentado, e pelo campo e pela floresta se espalhavam as carcaças de inúmeros bacuraus aniquilados.

O mau cheiro se dissipou rapidamente, mas a vegetação nunca mais voltou ao normal. Até hoje existe algo de enigmático e profano em tudo que cresce na região daquela medonha colina. Curtis Whateley ainda recobrava a consciência quando os homens de Arkham se puseram a descer lentamente, sob os raios de um sol outra vez reluzente e límpido. Eles caminhavam sérios e calados, parecendo abalados pelas memórias e reflexões ainda mais terríveis do que aquelas que haviam levado o grupo de moradores a um estado de pânico acuado. Em resposta a uma enxurrada de perguntas, apenas balançavam a cabeça e reafirmavam um único fato fundamental.

— A coisa se foi para sempre — dizia Armitage. — Ela foi dissolvida, transformou-se naquilo de que originalmente era feita e nunca mais voltará à vida. Não era coisa deste mundo. Apenas uma mínima fração era realmente matéria em qualquer sentido que conheçamos. Era como o pai... e a maior parte dela retornou para ele em algum reino ou dimensão obscura, fora do nosso universo material... algum obscuro abismo do qual apenas os rituais mais amaldiçoados pela perversidade humana poderiam tê-lo evocado por um momento nas colinas.

Fez-se um breve silêncio, e naquela pausa os confusos sentidos do pobre Curtis Whateley começaram a se recompor numa sucessão de fatos; então repousou as mãos na cabeça com um gemido. A memória parecia ter sido retomada de onde fora interrompida, e o horror da imagem que o prostrara voltou a atacar.

— Ai, ai, meu Deus... aquela cara pela metade... aquela cara partida lá em cima... a cara *c'os zóio vermeio*, o cabelo albino e crespo, sem queixo *que nem* os Whateley... era tipo um polvo, uma centopeia, uma aranha... mas em cima de tudo tinha uma cara pela metade que parecia de gente... parecia o bruxo Whateley, só que *d'um* tamanho gigantesco...

Exausto, ele fez uma pausa enquanto o grupo de moradores o encarava com uma perplexidade que ainda não se cristalizara em terror. Somente o velho Zebulon Whateley, que vagamente se lembrava de coisas antigas e estivera calado até então, falou em voz alta.

— Uns quinze ano atrás eu ouvi o *véio Whateley dizê* que *nóis ia* ouvir o fio da Lavínia chamando o nome do pai no topo do Monte Sentinela...

Porém Joe Osborn o interrompeu para interrogar novamente os senhores de Arkham.

— Mas que coisa era essa no fim das *conta*... e como o bruxo Whateley mais novo *chamô* ela lá do céu?

Armitage escolheu as palavras com bastante cuidado.

— Bom... sobretudo, essa coisa é um tipo de força que não pertence à nossa dimensão... um tipo de força que age, cresce e se forma obedecendo a leis diferentes das leis da nossa natureza. Nós não podemos ficar chamando essas coisas para o nosso mundo... só gente muito perversa e cultos muitos malignos já tentaram fazer isso. Havia um pouco dessa coisa no próprio Wilbur Whateley... um tanto suficiente para transformá-lo num monstro demoníaco e precoce, fazendo de sua morte um verdadeiro espetáculo de horror. Queimarei aquele maldito diário e, se os senhores forem sensatos, demolirão aquele altar de pedra lá em cima, além de todos os círculos de pilares de pedras das outras colinas. Esse tipo de coisa trouxe os seres de quem os Whateley gostavam tanto... os seres que eles realmente iam permitir que exterminassem a raça humana e arrastassem a Terra para algum lugar desconhecido, por alguma razão misteriosa.

— E quanto a essa coisa que acabamos de mandar embora... os Whateley a criaram como parte do plano que ainda estava por vir. Ela cresceu muito e rápido, pela mesma razão que Wilbur cresceu muito e rápido... mas ela acabou o superando porque tinha uma proporção muito maior de coisas do além. Não é preciso perguntar como Wilbur a invocou do céu. Ele não invocou a coisa. Ela era seu irmão gêmeo, mas se parecia mais com o pai do que o próprio Wilbur.

A ESTRANHA CASA EM MEIO ÀS NÉVOAS

De manhã, a névoa emerge do mar no sopé das falésias além de Kingsport. Branca e emplumada, eleva-se das profundezas ao encontro das irmãs, as nuvens, repleta de sonhos de pastos úmidos e cavernas de leviatã. Mais tarde, em tranquilas chuvas de verão nos íngremes telhados dos poetas, as nuvens espalham um pouco desses sonhos, para que os homens não vivam sem os rumores de antigos segredos bizarros e maravilhas que os planetas contam aos planetas a sós no meio da noite. Quando as histórias circulam aos montes pelas grutas de tritões, e as conchas nas cidades de algas marinhas assoviam desvairadas melodias ensinadas pelas Divindades Ancestrais, as grandes e ávidas névoas se aglomeram nos céus, carregadas de saberes, enquanto os olhos voltados para o mar veem das pedras apenas uma brancura mística, como se a beira do precipício fosse a beira da própria Terra, ao som de solenes sinos flutuantes que ressoam livremente pelo éter fabuloso.

Ao norte da arcaica Kingsport, os rochedos se levantam altivos e curiosos a cada centímetro de terra, até que o mais setentrional de todos paira sobre o céu como uma nuvem gélida e cinzenta trazida pelo vento. Isolado, esse último rochedo se destaca como um ponto sombrio no espaço infinito, pois ali a costa faz uma curva em que o grande rio Miskatonic deságua das planícies de Arkham, trazendo lendas das florestas e peculiares lembranças das colinas da Nova Inglaterra. A população litorânea de Kingsport o contempla como outras comunidades veneram a estrela Polar, e as vigílias noturnas são cronometradas pela maneira como ele esconde ou revela a Ursa Maior, a Cassiopeia ou a constelação de Draco. Para eles, esse rochedo se confunde com o firmamento; e ele de fato desaparece quando a névoa oculta as estrelas ou o sol.

Alguns dos penhascos são adorados, como aquele cujo grotesco perfil foi denominado Pai Netuno ou outro cujos degraus são chamados de Estrada Elevada; mas este em questão é temido, pois se encontra muito perto do céu. Os navegadores portugueses que ali chegam de viagem fazem o sinal da cruz quando o veem pela primeira vez, e os antigos ianques acreditavam que escalá-lo — se é que fosse possível — seria pior do que encarar a morte. Existe, entretanto, uma antiga casa no topo desse penhasco, e à noite é possível avistar luzes acesas nas pequenas vidraças das janelas.

A casa remota sempre esteve lá, e há quem diga que o Morador conversa com as névoas matinais que se elevam das profundezas. Outros ainda suspeitam que Ele veja coisas extraordinárias no oceano, especialmente quando a beira do rochedo se torna a beira de toda a Terra e as solenes boias sonoras ressoam livremente pelo éter fabuloso. Tudo isso, porém, não passa de boatos, já que o misterioso rochedo nunca foi visitado e os nativos não gostam de lhe apontar telescópios. Embora os turistas de verão o tivessem, de fato, examinado com sofisticados binóculos, nunca viram nada além do brilho amarelado das janelinhas que cintilam ao cair da noite e o cinzento telhado de madeira, rústico e pontiagudo, cujos beirais quase tocam o chão. Esses turistas se recusam a crer que o mesmo Morador resida há séculos na casa, mas são incapazes de comprovar essa heresia a qualquer nativo de Kingsport. Até o Terrível Ancião — que conversa com pêndulos de chumbo dentro de garrafas, faz compras com antigo ouro espanhol e mantém estátuas de pedra no jardim da choupana antediluviana em Water Street — só sabe dizer que tudo está do mesmo jeito desde a infância de seu avô; o que deve ter sido há muito tempo, quando Belcher, Shirley, Pownall ou Bernard era governador da Província de Vossa Majestade, a Baía de Massachusetts.

Certo verão, um homem chamado Thomas Olney, filósofo e professor de matérias enfadonhas numa faculdade próxima à Baía de Narragansett, apareceu em Kingsport. Acompanhado da esposa robusta e dos filhos travessos, chegou com a mente cansada de ver as mesmas coisas e ter os mesmos pensamentos disciplinados durante anos. Contemplou a névoa no diadema do Pai Netuno e tentou penetrar no enigmático universo esbranquiçado pelos titânicos degraus da Estrada Elevada. Todas as manhãs, ele então se deitava nas falésias e contemplava o misterioso éter além da borda do mundo, escutando sinos espectrais e gritos selvagens do que talvez fossem gaivotas. Depois, quando a névoa se dissipava e o mar se revelava prosaico sob a fumaça dos navios, ele suspirava e descia até a cidade, onde adorava passear pelas vielas antigas, perambulando para lá e para cá enquanto analisava as insanas cumeeiras penduradas e os excêntricos portais cujos pilares já haviam abrigado tantas gerações do vigoroso povo litorâneo. Ele até conversava com o Terrível Ancião, que, embora não gostasse de forasteiros, convidou-o a entrar na medonha choupana centenária, onde o teto baixo e as paredes de madeira carcomida escutavam os ecos dos inquietantes monólogos nas madrugadas sombrias.

Naturalmente, era inevitável que Olney notasse a casa cinzenta e inacessível no alto céu, sobre o sinistro rochedo setentrional que se confunde com as névoas e o firmamento. Sempre a pairar sobre Kingsport, sempre a incitar boatos sussurrados pelos becos sinuosos. E assim o Terrível Ancião compartilhou ofegante uma história que o pai lhe contara sobre determinada noite, quando um raio saiu do telhado pontiagudo da casa isolada e subiu até as nuvens ainda mais altas. A avó de Orne — cujo casebre com telhado de mansarda na Ship Street é todo coberto de musgo e hera — também murmurou um boato que a própria avó lhe contara a respeito de figuras que voavam das névoas do leste até a estreita entrada daquela construção inatingível — cuja única porta, situada na beira do precipício com vista para o mar, só pode ser avistada de relance pelos navios em alto-mar.

Por fim, ávido por novidades intrigantes, desprendido do temor dos moradores de Kingsport e da apatia dos turistas, Olney tomou uma tenebrosa decisão. Apesar do histórico conservador

— ou por causa dele, já que uma rotina monótona induz infelizes anseios pelo desconhecido — fez um solene juramento de escalar aquele último penhasco isolado e visitar a centenária cabana cinzenta colada ao céu. A hipótese mais plausível, deduzia seu lado mais sensato, seria a existência de um acesso que, atravessando a parte rasa do estuário do Miskatonic, levava os moradores a uma escada interna pela qual alcançavam o topo. Decerto faziam compras em Arkham, cientes de que o povo de Kingsport não gostava da casa, ou talvez nem fosse possível descer o rochedo pelo lado de Kingsport. Olney então caminhou pelos rochedos menos íngremes, seguindo até a região em que o penhasco colossal se projetava insolente para se unir às coisas celestiais; e só ali concluiu que nenhum ser humano conseguiria escalá-lo, tampouco descer pela proeminente encosta da lateral sul. As encostas leste e norte se erguiam verticalmente a centenas de metros da água, de modo que restava apenas o lado oeste, no interior em direção ao território de Arkham.

Numa alvorada de agosto, Olney saiu à procura de algum caminho para o inacessível pináculo. Seguindo por agradáveis estradas vicinais na direção noroeste, passou pela lagoa de Hooper e pelo velho arsenal, até onde os pastos se estendem na encosta acima do rio Miskatonic e propiciam uma incrível vista dos cândidos campanários georgianos de Arkham, detrás dos vários quilômetros de rio e campo aberto. Nesse ponto, Olney se deparou com uma estrada sombria que levava a Arkham, mas não encontrou qualquer trilha rumo ao leste, na direção do mar como desejava. Bosques e prados se amontoavam até a alta margem da foz, e não havia qualquer rastro humano; nem sequer um muro de pedras ou uma vaca desgarrada, apenas mata fechada, árvores gigantescas e emaranhados de roseiras-bravas que os primeiros aborígines talvez tivessem visto. À medida que subia a passos lentos, cada vez mais acima do estuário à esquerda e mais próximo do mar à frente, notou que a dificuldade da trilha só se intensificava; e chegou a se indagar como os moradores daquele malquisto lugar conseguiam alcançar o mundo externo e com que frequência iam ao mercado em Arkham.

Logo em seguida, as árvores ficaram mais espaçadas, e bem abaixo ele avistou as colinas, os antigos telhados e os pináculos de Kingsport à direita. Até a Colina Central parecia minúscula daquela altura, e ele apenas conseguiu identificar o antigo cemitério ao lado do Hospital Congregacional — embaixo do qual, segundo boatos, terríveis cavernas e tocas se escondiam. À frente estendia-se um esparso gramado com arbustos de mirtilo e, além deles, estavam a rocha escalvada do penhasco e o pico da temida cabana cinzenta. A partir dali o caminho se estreitou, e Olney ficou desnorteado diante daquela solidão no céu, tendo, ao sul, o assustador precipício de Kingsport e, ao norte, a encosta vertical de quase dois quilômetros até a foz do rio. De repente, uma enorme fissura de uns três metros de profundidade se abriu diante dele, então precisou se pendurar com as mãos e descer até um solo inclinado, onde se arriscou rastejando até um desfiladeiro mais antigo no paredão oposto. Então era esse o caminho que os moradores da casa misteriosa trilhavam entre a terra e o céu!

Assim que superou a fissura, uma névoa matinal havia se acumulado, mas Olney viu nitidamente a altiva e profana cabana à frente; as paredes tão cinzentas quanto o rochedo, e o alto pico se estirando audacioso sobre o branco leitoso dos vapores marítimos. Logo percebeu que não havia nenhuma porta no fundo voltado para a terra, somente duas janelinhas de treliça com vidraças encardidas e arredondadas no estilo do século 17. Tudo em volta era nuvem e caos, e ele não conseguia enxergar nada além da brancura do espaço infinito. Olney estava a sós com aquela perturbadora casa no céu; e assim que deu uma volta até a fachada e descobriu que a parede se encontrava alinhada ao penhasco, de maneira que era impossível alcançar a única porta da casa sem passar pelo vago éter, sentiu um distinto terror que nem a imensa altitude bastaria para justificar. Também lhe pareceu muito estranho o fato de que o telhado de madeira carcomida permanecesse intacto ou os tijolos tão desintegrados ainda constituíssem uma chaminé.

Conforme a névoa se intensificava, Olney rastejou devagar até as janelas norte, oeste e sul, tentando abri-las, porém encontrou todas trancadas. De certa forma, ficou contente por estarem fechadas, pois quanto mais via da casa, menos desejava entrar. No instante seguinte, um ruído repentino o deteve. Era um som metálico de fechadura e o deslizar de um ferrolho, seguidos de um longo rangido, como se uma porta pesada se abrisse com calma e cautela. Vinha de um ponto fora de seu campo de visão, a lateral leste voltada para o mar, onde o estreito portal se abria no vazio enevoado a centenas de metros acima das ondas.

Logo depois, passos firmes e pesados ecoaram da cabana, e Olney ouviu as janelas se abrirem — primeiro no norte, oposto a ele, e depois no lado oeste, pertinho de onde estava. Em seguida, as janelas ao sul se abriram sob os grandes beirais do lado em que se encontrava; mas o que mais incomodava Olney era pensar na casa detestável de um lado e a vastidão de ar rarefeito do outro. Quando um alvoroço se aproximou dos batentes, tornou a rastejar para o lado oeste, espremendo-se no vão entre as janelas abertas. Era óbvio que o morador tinha acabado de voltar para casa, mas ele não havia chegado por terra, muito menos por algum balão ou um possível zepelim. Os passos soaram outra vez, e Olney deu a volta em direção ao norte, entretanto, antes que encontrasse outro esconderijo, uma voz o chamou baixinho, e ele soube que precisava encarar o anfitrião.

Projetado para fora da janela oeste, revelou-se um rosto largo e barbudo cujos olhos fosforescentes apresentavam traços jamais vistos. A despeito disso, o tom da voz parecia gentil, com um estranho toque de cortesia antiquada, o que fez com que Olney não estremecesse quando a mão parda se estendeu para ajudá-lo a pular o peitoril e entrar naquela sala de teto baixo, revestida de lambris de carvalho negro e mobília de estilo Tudor. O homem vestia trajes muito antigos, e tinha um indescritível aspecto de entusiasta de tradições marítimas e gigantescos galeões. Olney não se recorda das muitas maravilhas que lhe contou, nem sequer de quem ele era; mas diz que se tratava de um homem excêntrico e

O HORROR DE DUNWICH

amigável, imerso na magia das incompreensíveis lacunas de tempo e espaço. A pequena câmara parecia esverdeada, com uma fraca luz aquosa, e Olney reparou que as distantes janelas voltadas para o leste não estavam abertas, e sim tapadas por vidraças opacas e grossas como o fundo de antigas garrafas.

O anfitrião barbudo não aparentava muita idade, ainda que o fitasse com olhos inundados de mistérios arcaicos; e pelos relatos de antigos acontecimentos formidáveis que presenciara, pode-se imaginar que o povo da vila tinha razão ao dizer que ele comungava com as névoas do mar e as nuvens do céu muito antes da existência de qualquer vilarejo da planície costeira que podia avistar a taciturna residência. Horas se passaram, e Olney ainda ouvia as histórias dos velhos tempos e lugares longínquos, de como os reis de Atlântida lutaram contra as escorregadias blasfêmias que se contorciam para fora das fendas marinhas e como o templo de Poseidon, cercado de pilares e ervas daninhas, ainda se revelava aos navios desgovernados que, ao vê-lo, sabiam que estavam perdidos. O anfitrião também relembrou a era dos Titãs, mas se constrangeu ao falar da sombria primeira era do caos, anterior ao nascimento dos deuses, e até mesmo das Divindades Antepassadas, quando as outras divindades iam dançar no cume do monte Hatheg-Kla, no deserto de pedras próximo a Ulthar, do outro lado do rio Skai.

De repente, foram interrompidos por uma batida na porta — aquela porta centenária de carvalho tachonado diante do abismo de nuvens brancas. Olney pulou de medo, mas o homem barbudo gesticulou para que se acalmasse, caminhando na ponta dos pés a fim de espiar pelo olho mágico. Como não gostou do que viu, fez um sinal para que Olney se mantivesse em silêncio e seguiu na ponta dos pés, trancando todas as janelas da casa antes de voltar à antiga poltrona ao lado da visita. Enquanto o visitante misterioso tentava bisbilhotar a morada antes de partir, Olney notou uma bizarra silhueta escura atrás dos translúcidos quadradinhos dos vitrais embaçados, e alegrou-se com o fato de que o anfitrião não respondera à batida; estranhos objetos vagam pelo imenso abismo, e o caçador de sonhos deve se atentar para não despertar ou esbarrar nos malignos.

As sombras da noite começavam a se juntar; primeiro as pequenas furtivas debaixo da mesa, depois as mais atrevidas na escuridão dos cantos de madeira. Nesse meio-tempo, o homem barbudo fazia gestos enigmáticos enquanto acendia algumas velas compridas em enormes castiçais de metal forjado. Frequentemente olhava para a porta de relance, como se aguardasse alguém; e enfim sua espera se encerrou com uma sequência de batidas em algum tipo de código secreto e ancestral. Dessa vez, ele nem sequer espiou pelo olho mágico, e logo ergueu a grande barra de carvalho, correu o ferrolho e destrancou a porta maciça, escancarando-a para as estrelas e névoas.

A partir disso, ao som de obscuras harmonias, todos os sonhos e lembranças dos Grandes Poderosos, habitantes das entranhas da Terra, saíram do abismo e flutuaram para dentro da sala. Chamas douradas dançavam ao redor das fechaduras envelhecidas, deixando Olney deslumbrado ao lhe render homenagens. Com um tridente em mãos, ali estava Netuno, alguns tritões brincalhões, fantásticas nereidas e, equilibrando-se no dorso de golfinhos negros, uma enorme concha estriada em que viajava a vistosa e horrenda forma do Nodens primitivo, Senhor do Grande Abismo. As conchas dos tritões exalavam estranhas rajadas, ao passo que as nereidas faziam um ruído peculiar ao colidir com as conchas grotescas e ressonantes dos intrusos incógnitos nas sombrias grutas marinhas. Enfim o velho Nodens estendeu uma das mãos enrugadas a Olney e o anfitrião, num gesto de cortesia para que estrassem na imensa concha — enquanto as conchinhas e os gongos se puseram a entoar um intenso e impressionante clamor. E assim saiu perambulando pelo éter infinito aquele fabuloso cortejo, cujos berros se dissipavam em meio aos ecos dos trovões.

Ao longo de toda a noite, os moradores de Kingsport fitaram o altivo rochedo toda vez que a tempestade ou as névoas lhes davam sinais dele; e quando as janelinhas lá no alto se apagaram na madrugada, todos cochicharam seus temores e prenúncios do desastre. Os filhos e a esposa de Olney rezaram ao deus cordial e decente dos batistas, torcendo para que o aventureiro tomasse emprestado um guarda-chuva e galochas, a não ser que a chuva parasse pela manhã. Passado determinado tempo, emergiu do mar o amanhecer envolto em névoa gotejante, e as boias sonoras ressoavam solenes entre os redemoinhos de éter esbranquiçado. Ao meio-dia, trombetas élficas ecoaram pelo oceano enquanto Olney, enxuto e apressado, descia os penhascos em direção à antiga Kingsport com um olhar vazio e distante. Não se lembrava com o que sonhara na cabana empoleirada no céu, lar daquele anônimo ermitão, tampouco sabia explicar como se arrastara por aquele precipício jamais cruzado por outros pés. Pareceu-lhe impossível falar disso com outra pessoa senão o Terrível Ancião, que, após ouvir o relato, murmurou alguns delírios sob a barba branca, jurando que o homem que retornara do rochedo não era de fato o homem que subira, pois em algum lugar debaixo daquele teto cinzento e pontiagudo, ou sob a sinistra névoa branca, ainda permanecia o espírito perdido do verdadeiro Thomas Olney.

Desde então, ao longo dos enfadonhos anos que se arrastam opacos e cansativos, o filósofo trabalha, come, dorme e cumpre com seus deveres de cidadão sem se queixar. Não mais anseia pela magia das colinas distantes, muito menos suspira pelos segredos que se escondem como recifes esverdeados de um mar sem fundo. A mesmice dos dias deixou de lhe causar sofrimento, e pensamentos disciplinados agora bastam para sua imaginação. A esposa bondosa está mais robusta, as crianças, mais velhas, prosaicas e úteis, e ele jamais deixa de sorrir corretamente com orgulho quando a situação obrigada. Não resta mais nenhum lampejo de inquietude em seu olhar, e ele só escuta alguma boia solene ou uma trombeta élfica durante a noite, quando os antigos sonhos saem para passear. Olney nunca mais pisou em Kingsport porque a família detestava as curiosas casas antiquadas e reclamava dos ralos que sempre entupiam. Agora eles moram num bangalô em Bristol Highlands, longe de qualquer rochedo elevado, cercados de vizinhos urbanos e modernos.

Em Kingsport, porém, estranhos relatos andam se espalhando, e até o Terrível Ancião admite algo que o avô não lhe havia contado. Nos últimos tempos, quando o vento do norte sopra tempestuoso e varre a alta casa centenária que se confunde com o firmamento, finalmente se desfaz o silêncio funesto e macabro que antecede a desgraça dos contrapesos marítimos de Kingsport. E os mais velhos relatam vozes agradáveis cantarolando naquela região, além de risadas infladas de um regozijo que transcende a alegria terrena; e dizem que, no início da noite, as janelinhas ficam ainda mais brilhantes do que antes. Também comentam que a intensa aurora tem surgido ali com mais frequência, cintilando azul ao norte, como a miragem de um mundo congelado, enquanto o precipício e a cabana flutuam escuros e fantásticos diante de relâmpagos violentos. Somadas a isso, as névoas do amanhecer estão mais densas, e os marinheiros não têm mais tanta certeza de que as badaladas sufocadas vêm somente das solenes boias no mar.

O pior de tudo, entretanto, é o esfriamento dos antigos temores no coração dos jovens de Kingsport, que estão cada mais propensos a escutar os longínquos murmúrios dos ventos do norte no meio da noite. Eles juram que nenhum mal ou sofrimento pode habitar aquela alta cabana pontiaguda, pois as novas vozes ressoam timbres de alegria em meio a zumbidos de música e risada. Ainda que não saibam quais relatos as névoas marinhas levam àquele pináculo assombrado no extremo norte, desejam obter alguma pista das surpresas que batem à porta escancarada quando as nuvens estão mais carregadas. Os patriarcas temem que algum dia, um a um, eles saiam à procura daquele inacessível pico no céu e descubram os segredos seculares escondidos sob o íngreme telhado de madeira que faz parte das rochas, das estrelas e dos temores ancestrais de Kingsport. Não duvidam que esses jovens ousados retornarão, mas temem que percam o brilho do olhar e os anseios do coração. Esses senhores tampouco desejam que a excêntrica Kingsport, com suas pistas íngremes e cumeeiras arcaicas, arraste-se apática pelos anos enquanto as vozes e risadas em coro ficam cada vez mais altas e descontroladas naquela tenebrosa habitação isolada, onde névoas e sonhos enevoados param para descansar no caminho entre o mar e os céus.

Não querem que a alma dos jovens rapazes abandone os aprazíveis lares e tabernas da velha Kingsport, tampouco que as gargalhadas e a música naquela elevada região rochosa ecoem ainda mais altas. Isso porque, assim como a voz que acabou de chegar atraiu as névoas do mar e as luzes do norte, dizem que outras vozes trarão ainda mais névoa e luz; ou quem sabe até induzam os deuses antigos (cuja existência insinuam apenas em sussurros, com medo de que o pároco da Congregacional os escute) a sair das profundezas, da oculta Kadath em meio à desolação gelada, para habitar aquele precipício malevolamente adequado, tão próximo de suaves colinas e vales de simples pescadores taciturnos. Enfim, não desejam nada disso, já que as coisas de fora da Terra são malvistas pela gente humilde; além disso, o Terrível Ancião quase sempre enfatiza o que Olney lhe disse de certa visita que o solitário Morador temeu — da silhueta escura e bisbilhoteira vista contra a névoa atrás das janelinhas de treliça com vidraça arredondada.

Todas essas questões, porém, estão nas mãos das Divindades Antepassadas. Enquanto isso, a névoa matinal continua a subir do fundo do mar até o adorável pico vertiginoso coroado pela íngreme casa centenária, aquela cinzenta cabana de beirais baixos em que não se vê ninguém, embora a noite lhe traga furtivas luzes e os ventos do norte revelem estranhas folias. Branca e emplumada, eleva-se das profundezas ao encontro das irmãs, as nuvens, repleta de sonhos de pastos úmidos e cavernas de leviatã. Quando as histórias circulam aos montes pelas grutas de tritões e as conchas nas cidades de algas marinhas assoviam desvairadas melodias ensinadas pelas Divindades Ancestrais, as grandes e ávidas névoas se aglomeram nos céus, carregadas de saberes, enquanto Kingsport, assentada inquieta sobre os ínfimos relevos abaixo da extraordinária sentinela rochosa, contempla apenas uma brancura mística acima do mar, como se a beira do precipício fosse a beira da própria Terra, ao som de solenes sinos flutuantes que ressoam livres pelo éter fabuloso.

A TUMBA

Ao relatar as circunstâncias que me levaram ao confinamento neste reduto de desvairados, estou ciente de que minha atual condição levantará dúvidas a respeito da veracidade de minha narrativa. É lamentável que a mentalidade de grande parte da humanidade seja deveras limitada para avaliar, com calma e atenção, os fenômenos isolados que extrapolam a experiência humana ordinária, mas são vistos e pressentidos por uma pequena parcela psicologicamente sensível. Sujeitos de intelecto mais amplo sabem que não existe uma distinção precisa entre o real e o irreal, que todas as coisas só parecem o que são em virtude dos delicados meios físicos e psíquicos individuais pelos quais tomamos consciência delas — em oposição ao materialismo prosaico da maioria, que insiste em tomar como loucura os lampejos de suprema visão que perfuram o véu frugal do empirismo explícito.

Meu nome é Jervas Dudley e, desde a mais tenra idade, tenho sido um sonhador visionário. Rico o bastante para não depender de uma vida laboral, inadequado demais para estudos formais ou festividades de conhecidos. Tendo sempre vivido em reinos apartados do mundo visível, passei minha juventude e adolescência debruçado em livros antigos e incomuns, perambulando pelos campos e bosques dos arredores de minha casa ancestral. Não creio que as coisas que li nesses livros ou vi nesses bosques fossem exatamente o que outros meninos liam e viam ali; mas não me alongarei nesse ponto, visto que um relato detalhado apenas confirmaria as cruéis difamações ao meu intelecto que às vezes entreouço nos cochichos dos empregados maliciosos ao meu redor. Para mim, basta relatar os eventos sem analisar suas causas.

Disse que vivia apartado do mundo visível, mas não disse que vivia sozinho. Nenhuma criatura humana deveria fazer isso; pois, pela falta do companheirismo dos vivos, inevitavelmente recorremos à companhia das coisas que não são, ou não estão mais, vivas. Perto de casa há um vale arborizado em cujas profundezas crepusculares eu passava a maior parte do tempo lendo, refletindo e sonhando. Às encostas forradas de musgo entreguei as primeiras fases de minha infância e, cercado de grotescos carvalhos retorcidos, teci minhas primeiras fantasias de menino. Cheguei a conhecer muito bem as dríades que governavam aquelas árvores, e com frequência assistia a suas danças selvagens sob o brilho tênue da lua minguante — mas não me alongarei nisso por enquanto. Falarei apenas de uma tumba isolada no matagal mais sombrio da encosta: a tumba abandonada dos Hyde, uma antiga família de renome cujo último descendente direto fora sepultado nessa escura cavidade muitas décadas antes do meu nascimento.

A catacumba a que me refiro é de granito antigo, desgastada e desbotada pela névoa e umidade de várias gerações. Escavada no recôndito da encosta, a estrutura só fica visível na entrada. A porta, uma pesada e intimidadora laje de pedra, é sustentada por dobradiças enferrujadas e trancada por correntes de ferro e cadeados que a mantêm entreaberta, de acordo com o bizarro costume de meio século atrás. A residência da família cujos descendentes estão ali encovados outrora coroava a encosta em que a tumba se assenta, mas há muito tempo desmoronou, vitimada pelas chamas de um catastrófico raio. Da tempestade que destruíra a lúgubre mansão à meia-noite, os moradores mais antigos da região às vezes falavam em sussurros e murmúrios, referindo-se a ela como "ira divina"; assim, com o passar dos anos, meu profundo fascínio pelo sepulcro escurecido na floresta só se intensificava ainda mais.

Apenas um homem havia morrido no incêndio; e quando o último dos Hyde foi sepultado nesse lugar de sombras e quietude, a urna funerária cheia de cinzas foi trazida de uma terra distante, para onde a família se mudou depois do desastre na mansão. Não sobrou ninguém para depositar flores no portal de granito, e poucos encaram as sombras deprimentes que parecem se prolongar mais do que o normal sobre as pedras corroídas pela chuva.

    Nunca me esquecerei da tarde em que esbarrei pela primeira vez com a casa dos mortos parcialmente oculta. Foi no solstício de verão, quando a alquimia da natureza transmuta a paisagem silvestre num monte de folhagem vívida e quase homogênea; quando os sentidos ficam praticamente inebriados pelos mares de vegetação úmida e os sutis aromas de terra e planta. Nesses lugares, a mente perde a noção de perspectiva; o tempo e o espaço se tornam banais e irreais, e ecos de um esquecido tempo pré-histórico insistem em pulsar na consciência deslumbrada. Eu havia passado o dia inteiro vagando pelos místicos arvoredos do vale; refletindo sobre questões que não preciso relatar, conversando com seres que não preciso nomear. Em idade era uma criança de dez anos — que já vira e ouvira inúmeras maravilhas ocultas às massas — e em maturidade parecia estranhamente mais velho em certos aspectos. Quando abri caminho entre duas moitas de roseira-brava e me deparei com a entrada da cripta, não fazia ideia do que acabara de descobrir. Os blocos de granito escuro, a porta entreaberta de maneira peculiar ou os entalhes fúnebres acima do arco não me despertaram qualquer associação a traços mórbidos, tampouco tenebrosos. Sabia da existência de túmulos e imaginava como seria uma tumba; mas em razão do meu temperamento peculiar, privaram-me de qualquer contato direto com adros de igrejas ou cemitérios. A sinistra casinha de pedra na encosta arborizada era para mim apenas uma fonte de interesse e especulação; e o interior frio e úmido, que inutilmente espiei pela tentadora abertura, não me apresentava qualquer indício de morte ou putrefação. No entanto, naquele átimo de curiosidade, nasceu o absurdo e desvairado desejo que me trouxe a esse confinamento infernal. Encorajado por uma voz que só pode ter vindo do terrível espírito da floresta, resolvi adentrar a sedutora escuridão — apesar das correntes pesadas que me impediam a passagem. À luz minguante do dia, chacoalhei os obstáculos enferrujados na esperança de expandir a abertura da porta de pedra, assim como tentei espremer meu corpo franzino entre a abertura já disponível; mas nenhum dos planos deu certo. A princípio estava curioso, não frenético; mas, enquanto voltava para casa no intenso crepúsculo, jurei às centenas de deuses do bosque que, a *qualquer custo*, acharia uma maneira de entrar nas profundezas gélidas e sombrias que pareciam me chamar. Certa vez, o médico de barba grisalha que diariamente vem ao meu quarto disse a um visitante que essa decisão marcou o início de uma deplorável monomania; mas deixo o julgamento final nas mãos dos leitores que tomarem conhecimento de toda a história.

Nos meses que se seguiram à descoberta, dediquei-me a tentativas inúteis de forçar a abertura do complexo cadeado da cripta entreaberta, além de cautelosas investigações a respeito da natureza e história daquela estrutura. Com os ouvidos tradicionalmente receptivos de menino, aprendi muita coisa, embora uma introversão habitual me impedisse de compartilhar qualquer informação ou descoberta. Talvez valha a pena mencionar que não fiquei nem um pouco surpreso ou assustado ao decifrar a natureza da cripta. Minhas concepções bastante originais sobre a vida e a morte me fizeram vagamente associar o barro frio ao corpo vivente; e eu sentia que a grande e sinistra família da mansão incendiada estaria de algum modo representada dentro da câmara de pedra que eu desejava explorar. Histórias sussurradas a respeito de rituais bizarros e festejos profanos realizados em tempos idos na antiga mansão despertaram um novo e poderoso interesse pela tumba, diante de cuja porta eu me sentava todos os dias, horas a fio. Certa vez, empurrei uma vela acesa pela porta quase fechada, mas não consegui ver nada além de um lance de degraus úmidos que conduziam a um piso inferior. O cheiro do lugar me repelia ao mesmo tempo que me encantava. Tive a impressão de que já sentira aquilo num passado remoto, anterior a todas as minhas lembranças, ainda mais antigo do que o próprio corpo que agora habito.

Passado um ano da primeira vez que me deparei com a tumba, encontrei por acaso uma tradução carcomida do *Vidas Paralelas*, de Plutarco, no sótão de casa abarrotado de livros. Lendo o capítulo sobre a vida de Teseu, impressionei-me com a passagem que fala da grande pedra sob a qual o jovem herói encontraria os sinais de seu destino quando estivesse maduro o bastante para suportar o peso descomunal. O impacto dessa lenda foi tão intenso que dispersou a ávida impaciência para entrar na cripta, pois me fez perceber que ainda não estava preparado. E assim me convenci de que algum dia teria força e inteligência suficiente para abrir com facilidade a porta acorrentada; mas até lá faria o possível para me conformar com o que parecia ser a vontade do Destino.

Por conseguinte, minhas vigílias no úmido portal se tornaram menos persistentes, e passei a dedicar grande parte do dia a outras atividades — ainda que igualmente atípicas. Às vezes, levantava em extremo silêncio no meio da noite e escapava de casa para caminhar pelos cemitérios das igrejas e pelas câmaras funerárias de onde meus pais sempre me mantiveram afastado. Prefiro não comentar o que fazia nesses lugares, pois não tenho mais tanta certeza da veracidade de determinadas coisas; porém sei que, no dia seguinte a esses passeios, eu geralmente atordoava as pessoas próximas a mim, compartilhando minhas descobertas de assuntos praticamente esquecidos por várias gerações. Foi depois de uma noite como essa que choquei toda a comunidade com uma inquietante história a respeito do sepultamento do rico e renomado Squire Brewster, um homem que fez história na cidade e foi enterrado em 1711, cuja lápide de ardósia, esculpida com a figura de uma caveira e ossos cruzados, lentamente se desintegrava em pó. Num momento de fantasia infantil, jurei não apenas que o agente funerário, Goodman Simpson, havia roubado os sapatos de fivela de prata, as meias acetinadas e as roupas íntimas do falecido antes do sepultamento, como também estava certo de que o próprio Squire tinha se virado duas vezes no caixão fechado, ainda vivo um dia depois de ser enterrado.

H.P. LOVECRAFT

A ideia de entrar na tumba, no entanto, nunca saiu da minha cabeça; ainda mais depois da inesperada descoberta genealógica de que minha própria ascendência materna possuía uma ligação meio distante com a supostamente extinta família Hyde. Sendo o último descendente da família paterna, era também o último representante dessa linhagem mais antiga e misteriosa. Comecei a sentir que a tumba era *minha*, e ansiava desesperadamente pelo dia em que poderia cruzar a porta de pedra e descer aqueles degraus pegajosos na escuridão. Depois disso, criei o hábito de *ouvir* com muita atenção o portal entreaberto, dedicando minhas horas favoritas da quietude da madrugada àquela estranha vigília. Quando atingi a maioridade, abri uma pequena clareira no matagal em frente à fachada bolorenta da encosta, de modo que a vegetação cresceria envolvendo e cobrindo o mausoléu como as paredes e o teto de um caramanchão silvestre. Esse caramanchão era o meu templo, a porta trancada do meu santuário, e ali eu me deitava estirado no chão de musgos, pensando insólitos pensamentos e sonhando insólitos sonhos.

A noite da primeira revelação estava muito abafada. Devo ter adormecido de cansaço, pois foi com uma nítida sensação de despertar que escutei as *vozes*. Ainda hesito em falar da entonação e do sotaque, tampouco me atrevo a descrever sua *natureza*; mas devo dizer que apresentavam certas variações incomuns no vocabulário, na pronúncia e na dicção. Cada nuance do dialeto da Nova Inglaterra, desde as sílabas truncadas dos colonos puritanos até a retórica eloquente de cinquenta anos atrás, parecia representada naquele colóquio obscuro, embora só tenha notado esse fato um tempo depois. Naquele instante, na verdade, minha atenção foi atraída por outro fenômeno; uma manifestação tão fugaz que seria impossível atestar sua veracidade. Eu mal consegui vislumbrar ao despertar, entretanto sabia que uma *luz* havia se extinguido subitamente dentro do sepulcro subterrâneo. Não me lembro de ter ficado atônito ou apavorado, mas sei que passei por uma intensa e permanente *transformação* naquela noite. Ao chegar em casa, segui direto para um baú deteriorado no sótão, onde encontrei a chave que, no dia seguinte, destravou com facilidade a barreira que eu tanto atacara em vão.

Foi sob o brilho esmaecido do fim da tarde que, pela primeira vez, entrei na cripta da encosta abandonada. Um encantamento tomava conta de mim, e meu coração pulava com uma alegria que mal consigo descrever. Ao fechar a porta atrás de mim e descer os degraus úmidos sob a luz da única vela, tive a impressão de que já conhecia o caminho; e ainda que a vela vacilasse com os odores sufocantes, sentia-me em casa naquela atmosfera bolorenta da habitação fúnebre. Analisando o lugar, vislumbrei diversas mesas de mármore sustentando caixões ou restos de caixões. Alguns estavam lacrados e intactos, porém outros tinham praticamente desaparecido, restando apenas alças de prata e placas soltas no meio de curiosos montinhos de pó esbranquiçado. Numa dessas placas, li o nome do senhor Geoffrey Hyde, que viera de Sussex, em 1640, e morrera aqui poucos anos depois. Em seguida, ao entrar numa conspícua alcova, encontrei um esquife muito bem conservado e desocupado, com a gravação de um único nome que me fez sorrir e estremecer ao mesmo tempo. Um impulso anormal me compeliu a subir na enorme mesa, apagar a vela e me deitar na urna vazia.

Sob a luz cinzenta do amanhecer, saí cambaleante da cripta e tranquei o cadeado da porta atrás de mim. Já não era mais jovem, embora apenas 21 invernos tivessem resfriado minha estrutura corporal. Os aldeões madrugadores com quem cruzei pelo caminho de casa me encararam de modo estranho, admirados com os sinais de festança devassa num sujeito conhecido pela vida sóbria e solitária. Não me aproximei dos meus pais antes de repousar num sono longo e revigorante.

A partir de então, passei a frequentar a tumba todas as noites; vendo, ouvindo e fazendo coisas que jamais revelarei. A fala, sempre suscetível às influências externas, foi a primeira a sucumbir à mudança; e o arcaísmo repentinamente incorporado ao meu linguajar foi logo notado. Depois, uma valentia insensata e inusitada tomou posse do meu comportamento; até que, apesar da eterna reclusão, passei a inconscientemente agir como um homem mundano. Minha língua, outrora silenciosa, falava de maneira eloquente, com a descontraída elegância de um morador de Chesterfield ou o cinismo profano de um nativo de Rochester. Exibia uma erudição deveras peculiar, totalmente distinta dos saberes monásticos e fantasiosos sobre os quais me debruçava absorto na juventude, e cobria as contracapas dos livros com epigramas medíocres e improvisados que traziam influências de John Gay, Matthew Prior e toda a vivacidade satírica e simplória da poesia augustana. Numa certa manhã durante o café, quase me dei mal ao declamar, num tom claramente embriagado, uma efusão da euforia dionisíaca do século 18. Tratava-se de uma cômica cantiga georgiana que nunca foi publicada por escrito e soava mais ou menos assim:

Venham cá, companheiros, de caneco cheio,
Brindar ao presente sem muito anseio;
Fartura de carne, cerveja e gim,
Viver é tão bom com o meu bandolim!

Oh, sede voraz,
Oh, vida fugaz;

Ao teu rei ou donzela na morte não brindarás!

Dizem que Anacreonte tinha um rubro nariz,
Mas o que é um rubor quando se está feliz?
Que Deus me perdoe! Antes corado como caqui,
Do que um lírio desbotado — a sete palmos daqui!

Venha, Betty, meu desejo,
Venha me dar um beijo;

> Não há rebento de taberneiro com tamanho gracejo!
>
> Pobre Harry, já cambaleia e vacila sem firmeza,
> Se escorrega na cerveja, cai debaixo da mesa!
> Ora, encham os cálices, passando de mão em mão —
> Antes sob a mesa do que debaixo do chão!
>
> Que a cada golada,
> Aproveitem a piada;
>
> Pois no inferno a risada fica mais abafada!
>
> O diabo me atormenta, mal consigo andar,
> E de mim faz proveito se ainda posso falar!
> Aqui, camarada, peça à Betty a saideira,
> Em casa devo estar antes de minha companheira!
>
> Então me dê a mão,
> Está turva a visão;
>
> Mas sigo feliz antes de ir pro caixão!

Por volta dessa época, adquiri o medo de fogo e tempestades que perdura até hoje. Tais coisas me eram indiferentes, mas agora despertam um indescritível horror, e eu costumava me esconder nos cantos mais recônditos da casa toda vez que os céus ameaçavam uma exibição elétrica. Meu refúgio favorito durante o dia era o porão arruinado da mansão que se incendiara, e em devaneios imaginava como teria sido a estrutura em seu apogeu. Certo dia, assustei um aldeão ao levá-lo com segurança a uma câmara debaixo daquele porão de cuja existência eu tinha conhecimento apesar de estar oculto e esquecido havia muitas gerações.

H.P. LOVECRAFT

Por fim, aconteceu aquilo que tanto temia. Meus pais, alarmados com a conduta e a aparência suspeita do filho único, começaram a espionar meus passos com uma intenção boa que ameaçava resultar num péssimo desastre. Não falara a ninguém das visitas à tumba, e assim guardava meu propósito com um fervor religioso desde a infância; mas fui obrigado a ser ainda mais cuidadoso ao transitar pela labiríntica vegetação do vale, buscando despistar qualquer possível perseguidor. A chave da catacumba eu mantinha pendurada ao pescoço por uma corda, e sua existência era conhecida apenas por mim. Além disso, nunca levava do sepulcro qualquer coisa que descobria quando me encontrava do lado de dentro.

Numa manhã, enquanto emergia da tumba úmida e trancava a corrente do portal com a mão nada firme, avistei numa moita próxima o temido semblante de um espião. Decerto o fim estava próximo, pois meu esconderijo havia sido descoberto e o objetivo de minhas jornadas noturnas fora revelado. Como o homem não me abordou, corri para casa na tentativa de entreouvir o que contaria ao meu pai aflito. Estariam minhas estadias detrás da porta acorrentada prestes a ser divulgadas ao mundo? Imagine só minha encantadora surpresa ao ouvir, com os olhos enevoados de sonolência fixos na porta entreaberta, o espião dizendo ao meu pai num sussurro cauteloso que *eu havia passado a noite no caramanchão fora da tumba*. Graças a que milagre o espião se iludira dessa maneira? Então, convencido de que uma força sobrenatural me protegia e encorajado pelo milagre caído do céu, voltei a trilhar meu caminho à tumba sem qualquer preocupação, confiante de que ninguém testemunharia minha entrada. Por uma semana, aproveitei ao máximo os prazeres — que não devo descrever — de conviver com aquele ossuário, até que *a coisa* aconteceu e eu fui arrastado a esse antro de tristeza e monotonia.

Eu não devia ter me atrevido a sair naquela noite, pois as nuvens já estavam carregadas e uma demoníaca fosforescência subia do pântano malcheiroso no fundo do vale. O chamado dos mortos também estava diferente. Em vez da tumba na encosta, era o demônio responsável pelo porão carbonizado no topo da colina que me acenava com dedos invisíveis. Ao sair do bosque que leva à planície das ruínas, enxerguei sob o luar enevoado algo que sempre havia esperado de alguma forma. A mansão, destruída havia mais de um século, erguia-se outra vez grandiosa, numa miragem arrebatadora, e cada uma das janelas reluzia com o esplendor de inúmeras velas. Pela estrada, subiam os coches do povo de Boston, enquanto um grupo de casquilhos refinados chegava a pé das mansões da vizinhança. A essa multidão me misturei, embora soubesse que pertencia mais ao grupo de anfitriões do que ao de convidados. No salão, a festa estava regada a vinho, música e risada. Vários rostos me pareciam familiares, mas teria sido mais fácil reconhecê-los se estivessem secos e comidos pela morte e decomposição. No meio de uma multidão desvairada e leviana, eu era o mais selvagem e inconsequente. Blasfêmias jocosas jorravam de minha boca, e nesses impulsos indecorosos não respeitava nenhuma lei de Deus, dos Homens ou da Natureza. De repente, o estrondo de um trovão, ainda mais forte do que o vozerio da folia animalesca, partiu o telhado e provocou um silêncio de terror na multidão escandalosa. Línguas de fogo rubro e rajadas de calor ardente engoliam a casa; e os festeiros, tomados pelo terror do ataque daquela calamidade que parecia transcender os limites da natureza descontrolada, despareceram aos gritos na noite.

Ali permaneci sozinho, preso na cadeira por um medo servil que jamais sentira, e foi nesse instante que o segundo horror tomou conta do meu espírito. Queimado vivo até as cinzas, meu corpo dissipado aos quatro ventos, *eu nunca repousaria na tumba dos Hyde!* Meu caixão não estava à minha espera? Não tinha o direito de descansar por toda a eternidade entre os descendentes do senhor Geoffrey Hyde? Sim! Eu reivindicaria minha herança de morte, mesmo que minha alma tivesse que transitar por todas as eras à procura de uma morada corpórea que me representasse naquela mesa desocupada na alcova da tumba. *Jervas Hyde* não deveria jamais compartilhar do triste destino de Palinuro!

À medida que a casa em chamas desaparecia, encontrei-me gritando e me debatendo enlouquecido nos braços de dois homens, dos quais um era o espião que me seguira até a tumba. Chovia copiosamente, e ao sul do horizonte via-se os relâmpagos dos raios que tinham apenas caído sobre nossa cabeça. Meu pai, com o semblante franzido de pesar, não saiu do meu lado enquanto eu exigia que me enterrassem na tumba e ordenava que os capturadores me tratassem do modo mais agradável possível. Um círculo escuro no piso do porão arruinado denunciava o violento golpe dos céus; e nessa mancha avistei um grupo de aldeões curiosos, com lanternas nas mãos, vasculhando uma antiga caixa artesanal que o raio revelara. Assim que cessei minha inútil e já descabida luta, fitei os espectadores enquanto inspecionavam o tesouro, e me foi permitido tomar parte nas descobertas. A caixa, cujo ferrolho fora quebrado pelo estouro que a desenterrara, continha vários documentos e objetos de valor, mas eu só tinha olhos para uma única coisa. Tratava-se de uma miniatura em porcelana de um jovem com uma elegante peruca encaracolada e as iniciais J. H. gravadas na roupa. O rosto era tal que, ao encará-lo, poderia muito bem estar fitando um espelho.

No dia seguinte, fui trazido para este quarto de janelas gradeadas, mas tenho sido informado de determinadas coisas graças a um velho e humilde criado, por quem me afeiçoo desde a infância e que adora o cemitério da igreja tanto quanto eu. O que me atrevi a relatar das experiências dentro da cripta só me trouxe sorrisos de pena. Meu pai, que me visita com frequência, declara que em momento algum cheguei a cruzar o portal acorrentado e jura que, quando o analisou, o cadeado enferrujado permanecia intocado por pelo menos cinquenta anos. Ele inclusive diz que todos os aldeões sabiam das jornadas à cripta, e que eu era quase sempre vigiado enquanto dormia no caramanchão do lado de fora da nefasta fachada, com os olhos semiabertos fixados na fresta que conduz ao interior. Contra essas declarações, não tenho nenhuma prova tangível a oferecer, uma vez que perdi a chave do cadeado durante a luta naquela noite de horrores. Os estranhos fatos do passado que aprendi naqueles encontros noturnos com os mortos ele despreza, alegando que são frutos das minhas eternas e incansáveis pesquisas nos livros antigos da biblioteca da família. Não fosse por Hiram, meu velho criado, eu já teria sido totalmente convencido de minha loucura.

Contudo Hiram, leal até o fim, confiou na minha palavra e me incentivou a tornar pública ao menos uma parte de toda a história. Uma semana atrás, ele conseguiu quebrar o cadeado que mantinha a porta da tumba semiaberta e desceu com uma lanterna até as profundezas obscuras. Sobre a mesa de uma alcova, encontrou um antigo, porém vazio, caixão cuja placa enferrujada trazia uma única palavra: *Jervas*. Naquele caixão e naquela tumba me prometeram que serei enterrado.

Através dos Portões da Chave de Prata

Capítulo 1

Num imenso salão, com paredes forradas de tapeçarias extravagantes e antigos tapetes persas de produção artesanal, quatro homens se sentavam ao redor de uma mesa repleta de documentos. Nos cantos distantes, a fumaça hipnótica do olíbano emanava de estranhos tripés de ferro forjado, por vezes reabastecidos por um negro incrivelmente velho trajando uma sóbria libré. Do outro lado, num nicho profundo, tiquetaqueava um curioso relógio em formato de caixão cujo quadrante exibia hieróglifos enigmáticos e cujos ponteiros não se moviam em consonância com nenhum sistema de horário conhecido neste mundo. Tratava-se de um aposento único, perturbador, mas bastante adequado ao negócio que estava prestes a acontecer. Isso porque ali, na casa de New Orleans do maior místico, matemático e orientalista deste continente, estava finalmente sendo decidido o levantamento dos bens de um quase tão grande místico, professor, autor e sonhador que desaparecera da Terra quatro anos antes.

Randolph Carter, que passou a vida em busca da fuga do tédio e das limitações da realidade pelo estímulo de visões oníricas e caminhos fabulosos para outras dimensões, desapareceu da vista humana no dia 7 de outubro de 1928, aos 54 anos. Teve uma carreira peculiar, meio solitária, e com base em seus intrigantes romances, há quem diga que vivera situações ainda mais bizarras do que aquelas registradas em sua biografia. Sua associação com Harley Warren, o místico da Carolina do Sul cujos estudos da primitiva língua naacal dos sacerdotes do Himalaia levara a escandalosas conclusões, fora bastante próxima. De fato, foi ele quem viu Warren, num cemitério velado pela névoa de uma terrível noite, entrar numa catacumba úmida e fria para nunca mais voltar. Carter morava em Boston, mas todos os antepassados dele vieram das selvagens colinas assombradas, atrás da velha e amaldiçoada Arkham; e foi em alguma dessas antigas colinas misteriosas que ele por fim desapareceu.

Parks, seu velho criado falecido no começo de 1930, falara de uma estranha caixa aromática com entalhes tenebrosos que encontrara no sótão, além dos indecifráveis pergaminhos e da chave de prata com formato estranho que ela guardava — e sobre esses objetos, Carter também tinha escrito a outras pessoas. De acordo com o velho, Carter lhe contou que aquela chave fora herdada de seus ancestrais, e que ela o ajudaria a abrir os portais para sua infância perdida, para dimensões desconhecidas e reinos fantásticos que só visitara em sonhos vagos, breves e nebulosos. Então, certo dia, Carter pegou a caixa com o conteúdo, partiu em seu carro e nunca mais voltou.

Um tempo depois, encontraram o carro cercado por um matagal, na beira de uma antiga estrada que corta as colinas atrás da decadente Arkham — as colinas em que outrora viveram os antepassados de Carter, onde as ruínas da adega da grandiosa propriedade dos Carter ainda se abriam para o céu. Foi também ali perto, num arvoredo de grandes ulmeiros, que outro Carter misteriosamente desaparecera, em 1781; e não muito longe ficavam os escombros da choupana em que Goody Fowler, a bruxa, havia produzido suas nefastas poções em tempos ainda mais remotos. A região fora povoada, em 1692, pelos fugitivos acusados de feitiçaria em Salem e, mesmo depois de anos, seu nome evocava eventos sinistros e surreais. Nessa época, Edmund Carter fugira das sombras da Colina dos Enforcados na hora certa, e os boatos de suas feitiçarias já eram muitos. Aparentemente, seu solitário descendente agora fora se juntar a ele em algum lugar!

No carro, encontraram a tenebrosa caixa esculpida de madeira aromática e os pergaminhos que ninguém conseguia ler. A chave de prata, no entanto, desaparecera — sem dúvida Carter a levara. Fora isso, não havia qualquer pista evidente. Alguns detetives de Boston estranharam como as vigas de madeira da velha casa de Carter pareciam destruídas, e alguém encontrou um lenço perdido bem no alto da sinistra ladeira arborizada, numa pedra atrás das ruínas e próxima da temida caverna conhecida como "Covil das Cobras".

Depois desse ocorrido, as lendas dos camponeses sobre o Covil das Cobras tomaram ainda mais fôlego. Os fazendeiros murmuravam as blasfêmias que o velho Edmund Carter, o bruxo, fizera naquela horrenda gruta, e prosseguiam com histórias sobre a afeição que o próprio Randolph Carter tivera pelo lugar quando criança. Nessa época de menino, a venerável casa com telhado de mansarda ainda estava de pé e abrigava seu tio-avô, Christopher; e como Carter costumava visitá-lo com frequência, vivia falando do Covil das Cobras. As pessoas recordaram o que ele um dia dissera sobre uma profunda fissura e uma gruta desconhecida dentro dela, especulando sobre como o menino havia mudado depois de passar um dia inteiro na caverna aos 9 anos. Somado a isso, desde aquele inesquecível episódio, também ocorrido em outubro, Carter passou a exibir uma misteriosa aptidão para adivinhar eventos futuros.

A chuva não dera trégua na noite em que Carter desapareceu, tornando impossível a tentativa de rastrear as pegadas a partir do carro. O Covil das Cobras também havia se enchido de lama viscosa e pegajosa em virtude de uma copiosa infiltração. Enfim, restaram somente os boatos dos simples camponeses, que cochichavam sobre pegadas encontradas nas partes da estrada fechada pelos grandes ulmeiros e na sinistra encosta perto do Covil das Cobras, onde o lenço fora encontrado. Quem daria atenção aos cochichos que falavam de pequenas pegadas profundas, como aquelas deixadas pelas botinhas quadradas de Randolph Carter quando tinha apenas 9 anos? Eram boatos tão malucos quanto outro rumor que circulava, dizendo que as pegadas características da bota de sola reta do velho Benijah Corey tinham se encontrado com as pequeninas pegadas na estrada. O velho Benijah fora empregado na casa dos Carter quando Randolph era jovem, mas morrera havia trinta anos.

Talvez tenham sido os boatos, além das declarações do próprio Carter sobre a abertura de portais da infância perdida com a ajuda da estranha chave ornamentada, que levaram uma série de estudiosos místicos a assumir que o homem desaparecido na verdade voltara 45 anos no tempo, àquele outubro de 1883, quando o pequeno Carter passara o dia no Covil das Cobras. Esses místicos argumentavam que, de alguma maneira, o garoto só saiu da gruta depois de retornar de uma viagem no tempo que o levara até 1928 — e não foi a partir daí que o pequeno Randolph passou a adivinhar o futuro? Além disso, ele nunca havia mencionado nada que aconteceria após 1928.

Um dos estudiosos — um idoso excêntrico de Providence, Rhode Island, que trocara longas e íntimas correspondências com Carter — tinha uma teoria mais elaborada, pois acreditava que ele não só voltara à infância como também atingira uma libertação ainda maior, que lhe permitia perambular à vontade pelas visões prismáticas dos sonhos infantis. Depois de uma misteriosa visão, esse homem publicou um conto sobre o sumiço de Carter, insinuando que o desaparecido se tornara rei do trono de opala e passara a governar Ilek-Vad, a fabulosa cidade de torreões no topo dos penhascos de cristal voltados para o mar crepuscular, onde os barbudos e pisciformes Gniorri constroem seus extraordinários labirintos.

Foi esse mesmo velho, Ward Phillips, que se opôs mais rigorosamente à partilha dos bens de Carter entre seus herdeiros — todos primos distantes — alegando que ele ainda estava vivo em outra dimensão e poderia muito bem retornar a qualquer momento. Contra ele foi usada a vocação jurídica de um dos primos, Ernest

K. Aspinwall, de Chicago, dez anos mais velho do que Carter, mas ávido como um jovem quando se tratava de batalhas judiciais. Os debates se estenderam por quatro anos, mas chegara a hora da partilha, e aquele salão imenso e excêntrico em New Orleans seria o palco do acordo final.

Estavam na casa do executor testamentário de Carter — o ilustre especialista crioulo dos mistérios e das antiguidades orientais, Etienne-Laurent de Marigny. Carter conhecera Marigny durante a guerra, quando ambos serviram na Legião Estrangeira Francesa, e logo se apegou ao rapaz por partilhar de gostos e pensamentos semelhantes. Quando, numa inesquecível licença conjunta, o jovem e culto crioulo levou o aflito sonhador bostoniano a Bayonne, ao sul da França, e o apresentou a certos segredos aterrorizantes escondidos nas seculares criptas noturnas sob aquela sombria cidade carregada pelo peso de inúmeras eras, a amizade entre os dois foi para sempre selada. Em testamento, Carter nomeara Marigny como seu testamenteiro, e o ávido estudioso presidia com relutância a divisão dos bens. Tratava-se de uma trágica tarefa para ele, pois, como o senhor de Rhode Island, não acreditava que Carter estava morto. Mas que força têm os sonhos dos místicos contra a severa sabedoria mundana?

Ao redor da mesa, naquele estranho salão do velho bairro francês, sentavam-se os homens interessados em participar do processo. Como é de praxe, anúncios legais sobre a reunião haviam sido divulgados em jornais das regiões onde poderia haver algum herdeiro vivo de Carter, embora apenas quatro pessoas estivessem ali reunidas, ouvindo o estranho tique-taque do relógio-caixão que não marcava as horas deste mundo, além do borbulhar da fonte no pátio, do lado de fora das cortinas entreabertas. Com o passar das horas, o semblante dos quatro já estava encoberto pelos espirais de fumaça exalados nos tripés que, abastecidos com exagerados montes de incenso, pareciam demandar cada vez menos cuidados do velho negro, que deslizava pelo salão em silêncio, mais nervoso a cada instante.

Ali estava o próprio Etienne de Marigny — esbelto, escuro, bonito, bigodudo e ainda jovem. Já Aspinwall, representante dos herdeiros, era um velho corpulento de cabelos brancos, enormes costeletas e expressão furiosa. Phillips, o místico de Providence, era magro e meio corcunda, de cabelos grisalhos, barba aparada e nariz avantajado. O quarto senhor não aparentava idade determinada — magro, de barba e pele escura, exibia um semblante de traços bem definidos que se mantinha singularmente imóvel, com um turbante da alta classe dos brâmanes na cabeça e olhos negros como a noite, flamejantes e quase desprovidos de íris, que pareciam enxergar para além das aparências externas. Este último se apresentara como Swami Chandraputra[1], um especialista vindo de Benares, na Índia, com importantes informações a dar; e tanto Marigny como Phillips — que já haviam trocado cartas com ele — logo reconheceram a autenticidade de suas pretensões místicas. Sua fala soava de maneira estranha, meio forçada, vazia e metálica, como se o inglês exigisse demais do aparelho vocal, ainda que o uso da língua fosse fluente e preciso como o de qualquer nativo anglo-saxão. De modo geral, os trajes do indiano pareciam os de um cidadão europeu comum — embora as peças largas lhe caíssem muito mal — mas a espessa barba negra, o turbante oriental e as longas luvas brancas lhe davam um ar de exótica excentricidade.

Enquanto segurava o pergaminho encontrado no carro de Carter, Marigny falava.

— Não, eu não consegui compreender nada do pergaminho. O senhor Phillips, aqui presente, também desistiu. O coronel Churchward diz que não é naacal, e não encontramos qualquer semelhança com os hieróglifos inscritos naquele bastão de madeira da Ilha de Páscoa, embora as figuras entalhadas na caixa realmente se refiram a ela.

— A única coisa que consigo associar aos caracteres desse pergaminho é a escrita de um livro que o pobre Harley Warren

---

1 Swami é um título atribuído a monges, sacerdotes ou instrutores hindus. [N. da T.]

tinha — observe como todas as letras parecem estar penduradas em linhas de palavras horizontais. Esse livro veio da Índia enquanto eu e Carter o visitávamos em 1919, mas Warren nunca quis falar dele. Vivia dizendo que seria melhor não sabermos, e dava a entender que talvez tivesse vindo de algum lugar fora da Terra. Naquele fatídico dezembro, ele entrou na cripta do antigo cemitério carregando o livro consigo; e nenhum dos dois jamais foi visto outra vez. Há algum tempo, enviei ao nosso amigo aqui — o senhor Swami Chandraputra — um esboço das letras que consegui recordar, além de uma cópia fotostática do pergaminho de Carter. Ele acha que talvez possa encontrar alguma resposta depois de pesquisar certas referências.

— Quanto à chave, Carter já me enviara uma fotografia dela. Ainda que os curiosos arabescos não tivessem letras, os traços pareciam descender da mesma tradição cultural do pergaminho. Carter sempre dizia estar perto de resolver o mistério, mas nunca entrava em detalhes. Certa vez, ele foi quase poético ao se referir ao assunto. Disse que a antiga chave de prata abriria os sucessivos portais que impedem nosso livre acesso aos imensos corredores de espaço e tempo; e só assim poderíamos alcançar a Fronteira que nenhum homem cruzou desde que Shaddad, com sua estupenda genialidade, construíra e escondera nas areias da Arábia Petreia as imensas cúpulas e os incontáveis minaretes da Irem de mil pilares. Carter também escreveu que dervixes famintos e nômades sedentos haviam regressado para relatar sobre o majestoso portal e a mão esculpida acima da pedra angular da abóbada; porém frisou que ninguém havia ultrapassado o portal e voltado para dizer que as pegadas na areia avermelhada do lado de dentro comprovavam a visita. Com isso, Carter supôs que aquela seria a chave que a colossal escultura de mão tentava em vão segurar.

— Por que Carter não levou o pergaminho com a chave é impossível saber. Talvez tivesse se esquecido dele, ou quem sabe evitou levá-lo ao se lembrar de alguém que portou um livro bastante parecido para dentro de uma cripta e nunca mais retornou. Ou talvez fosse realmente inútil para o que pretendia fazer.

Assim que Marigny fez uma pausa, o senhor Phillips se pôs a falar num tom áspero e estridente.

— Só é possível compreender os devaneios de Randolph Carter por meio dos sonhos. Eu mesmo já visitei muitos lugares estranhos em sonhos, e ouvi várias coisas suspeitas e relevantes em Ulthar, do outro lado do rio Skai. Não me parece que o pergaminho seja necessário, já que Carter certamente retornou ao mundo dos sonhos de sua infância e agora é rei de Ilek-Vad.

O senhor Aspinwall pareceu ainda mais furioso no instante em que começou a esbravejar.

— Será que ninguém pode fazer esse velho tolo calar a boca? Chega dessa conversa de lunáticos. O problema em questão é a divisão de bens, e já é hora de ir direto ao ponto.

Pela primeira vez, Swami Chandraputra abriu a boca e soltou a misteriosa voz alienígena.

— Cavalheiros, há muitas outras questões que os senhores nem sequer imaginam. Senhor Aspinwall, não é de bom-tom caçoar das evidências dos sonhos. O senhor Phillips obteve apenas uma revelação parcial, pois talvez não tenha sonhado o suficiente. Eu mesmo sempre sonhei muito. Na Índia, nós costumamos induzir os sonhos, assim como todos os Carter parecem ter feito. Já você, senhor, Aspinwall, como primo do lado materno, naturalmente não é um Carter. Meus próprios sonhos, e determinadas fontes de informação paralelas, já me revelaram muitas coisas que o senhor ainda considera obscuras. Por exemplo, sei que Randolph Carter esqueceu o pergaminho indecifrado, mas teria sido bom se o tivesse levado. Veja só, eu sei muito bem o que aconteceu com Carter quando ele saiu do carro com a chave de prata no pôr do sol do dia 7 de outubro, quatro anos atrás.

Aspinwall sorriu com audível desdém, mas os demais se endireitaram na cadeira, bastante interessados. A fumaça dos incensários se intensificou, e o tique-taque do relógio-caixão pareceu entrar em bizarros padrões rítmicos, semelhantes a pontos e linhas de alguma mensagem telegráfica alienígena e indecifrável vinda do espaço sideral. O hindu se recostou, semicerrou os olhos e prosseguiu com a dicção desconfortável e fluente, enquanto uma imagem do que acontecera com Randolph Carter começava a flutuar diante dos ouvintes.

Capítulo 2

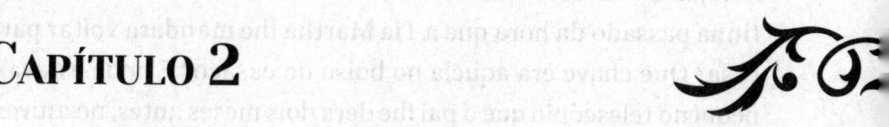

As colinas detrás de Arkham são repletas de uma estranha magia — algo que talvez o velho bruxo Edmund Carter tivesse invocado do alto das estrelas ou do fundo da terra quando fugiu de Salém para lá, em 1692. Assim que se encontrou entre elas novamente, Randolph Carter sentiu se aproximar de um dos portais que apenas um pequeno grupo de homens audaciosos, abomináveis e desalmados conseguira ultrapassar, cruzando as muralhas de titânio entre o mundo e o exterior infinito. Ali, naquele exato dia do ano, Carter concluiu que poderia transmitir com sucesso a mensagem que decifrara alguns meses antes nos arabescos da chave de prata corroída e ancestral. Já sabia como deveria girá-la sob o sol poente e quais sílabas ritualísticas teria que declamar ao vácuo entre a nona e a última volta. Num lugar tão próximo de uma polaridade sombria e um portal acessível, Carter sabia que não poderia falhar na primeira tentativa. Decerto naquela noite descansaria na infância perdida, pela qual nunca deixara de lamentar.

Com a chave no bolso, saiu do carro e caminhou colina adentro, seguindo pela estrada sinuosa e adentrando cada vez mais o coração sombrio daquele misterioso interior de muros cobertos por videiras, florestas escuras e pomares abandonados, fazendas desertas, árvores retorcidas, casas sem janelas e pássaros desconhecidos. No pôr do sol, quando o pico das torres de Kingsport cintilava contra o céu avermelhado, Carter ergueu a chave e fez os giros necessários enquanto declamava. Só mais tarde compreenderia quão rápido o ritual surtira efeito.

No mais profundo crepúsculo, ouviu uma voz do passado. Era Benijah Corey, o empregado do tio-avô. Mas o velho Benijah não morrera trinta anos atrás? Trinta anos antes de quando? Que tempo era aquele? Por onde andara? Por que era tão estranho que Benijah o estivesse chamando nesse dia, 7 de outubro de 1883? Já tinha passado da hora que a Tia Martha lhe mandara voltar para casa? Que chave era aquela no bolso do casaco? E onde estava o pequeno telescópio que o pai lhe dera dois meses antes, no aniversário de 9 anos? Teria encontrado a chave no sótão de casa? Será que ela abriria o grande portal que sua visão aguçada encontrara entre as rochas pontiagudas, bem no fundo daquela gruta secreta atrás do Covil das Cobras? Era lá onde sempre se encontrava com o velho bruxo, Edmund Carter. Ninguém chegava até lá, e nenhum ser humano além dele havia notado a fissura aberta pela raiz, tampouco se enfiado naquela grande câmara secreta com o portal. Que mãos teriam escavado a rocha até chegar àquele portal? Do velho bruxo Edmund — ou de outros que ele evocara e comandara?

Naquela noite, o pequeno Randolph jantou com o Tio Chris e a Tia Martha na velha casa com telhado de mansarda.

Na manhã seguinte, o garoto acordou cedo e caminhou pelo pomar de macieiras retorcidas até alcançar o bosque, onde a entrada do Covil das Cobras se escondia debaixo de carvalhos grotescos e monstruosos. Tomado por uma indescritível expectativa, nem sequer notou que seu lenço caíra enquanto fuçava no bolso do casaco para ver se a estranha chave de prata ainda estava lá. Rastejou corajoso em meio à escura cortina, iluminando o caminho com fósforos que pegara da sala de estar, com uma leve apreensão aventureira. No momento seguinte, espremeu-se entre a fissura da pedra, no fundo mais distante da caverna, e adentrou a imensa gruta secreta cuja parede mais alta se parecia com um monstruoso portal intencionalmente escavado. Um pouco antes de se aproximar dessa parede úmida e gotejante, o menino permaneceu calado e boquiaberto, acendendo um fósforo atrás do outro enquanto a encarava. Seria mesmo aquela saliência rochosa acima da pedra angular da abóbada uma gigantesca mão escupida? Então tirou a chave de prata do bolso, fazendo movimentos e declamando palavras de cuja origem vagamente se lembrava. Teria esquecido alguma coisa? Sabia apenas que desejava cruzar a barreira para o reino libertário de seus sonhos e abismos onde todas as dimensões se dissolviam no infinito.

Capítulo 3

É quase impossível descrever em palavras o que se seguiu. Trata-se de um conjunto de paradoxos, contradições e anomalias que não têm cabimento na vida desperta, embora preencham nossos sonhos mais fantásticos com a maior naturalidade até que retornemos à rígida, restrita e objetiva realidade deste mundo de possibilidades limitadas e lógicas tridimensionais. Ao prosseguir a história, o indiano teve certa dificuldade em evitar que aquilo parecesse um delírio estúpido e banal — ainda mais estúpido do que parecia a própria ideia de um homem que viajou no tempo até a infância. Com desdém, o senhor Aspinwall bufou raivoso e praticamente parou de ouvi-lo.

Quanto ao ritual da chave de prata praticado por Randolph Carter naquela escura e assombrada caverna dentro da caverna, o resultado fora eficiente. Desde o primeiro gesto e a primeira sílaba, uma aura de estranheza e perturbadora mutação se manifestou como um sentimento de incerteza temporal e confusão espacial — ainda que não se parecesse com nenhuma sensação familiar de movimentação ou passagem do tempo. De modo imperceptível, coisas como idade e localização deixaram de ter qualquer sentido. No dia anterior, Randolph Carter milagrosamente saltara num abismo de anos. Naquele instante, já não havia mais diferença entre o menino e o homem. Restara apenas o espírito de Randolph Carter, com lembranças que se desprenderam de qualquer vínculo com cenas terrestres ou momentos de aquisição. Um segundo antes, havia uma caverna secreta com obscuros indícios de uma gigantesca mão esculpida na parede mais profunda. Depois, não havia mais caverna nem ausência da caverna; tampouco parede ou ausência da parede. Havia somente um fluxo de impressões não tão visuais quanto cerebrais, por meio do qual o espírito de Randolph Carter experimentava novas sensações enquanto registrava tudo que girava em sua mente — ainda que sem compreender como aquilo acontecia.

Quando o ritual terminou, Carter sabia que se encontrava num lugar que nenhum geógrafo poderia alcançar, num tempo que nenhum historiador poderia calcular; pois a natureza daquilo que acontecia não era totalmente nova para ele. Já tinha esbarrado com indícios desse fenômeno nos misteriosos *Manuscritos Pnakóticos*, bem como num capítulo inteiro do censurado *Necronomicon*, do árabe louco Abdul Alhazred — porém Carter só passou a dar importância a esses registros depois de decifrar os desenhos gravados na chave de prata. Um portal fora aberto — não exatamente o Último Portal, e sim de um que liga a Terra à extensão da Terra situada fora dos limites temporais, onde, por sua vez, encontra-se o Último Portal, que perigosamente leva ao Último Vazio, que enfim se situa fora de todos os planetas, de todos os universos e de toda a matéria.

Haveria um Guia — uma terrível entidade que habitara a Terra milhões de anos atrás, quando a existência humana não era nem sequer imaginada e as formas menosprezadas se moviam num planeta fumegante, construindo cidades bizarras cujas últimas ruínas abrigariam os primeiros mamíferos. Carter se lembrou do vago e perturbador esboço que o árabe louco escrevera a respeito desse Guia no monstruoso *Necronomicon*:

"Embora alguns tenham se atrevido a buscar vislumbres detrás do Véu e aceitá-LO como Guia, é prudente evitar qualquer contato com ELE, pois vemos no Livro de Thoth quão terrível é o preço que se paga por apenas um relance. E aqueles que atravessarem jamais hão de retornar, uma vez que a imensidão transcendente ao nosso mundo é habitada por sombrias aparições que nos agarram e nos prendem. A Coisa que vaga pela noite, o Mal que desafia o Antigo Presságio, o Rebanho que vigia o Portal Secreto de cada tumba e prospera com o crescimento de quem lá habita — todas essas Trevas são ínfimas diante DAQUELE que guarda o Portal. ELE que guiará o insensato por todos os mundos até o Abismo dos inomináveis devoradores. Pois ELE é o Mais Antigo Ancião, UMR AT-TAWIL, que o escriba traduzira como O PROLONGAMENTO DA VIDA".

Em meio ao caos, a memória e a imaginação se manifestavam por vagas imagens com traços imprecisos. Por mais que Carter soubesse que eram somente projeções temporárias de uma mente agitada, também sentia que essas imagens não emergiam por acaso em sua consciência, e sim por uma vasta realidade, inefável e imensurável, que o rodeava, e se esforçava para que pudesse compreendê-la por meio de símbolos conhecidos — isso porque nenhuma mente terrena é capaz de conceber as extensões, as possibilidades das formas que se entrelaçam nos sinuosos abismos extrínsecos ao tempo e às dimensões que conhecemos.

Ali, diante de Carter, pairava uma nuvem de figuras e cenas extravagantes que, por alguma razão, ele associava aos primórdios da Terra, às obscuras eras do passado. Formas de vida monstruosas se moviam deliberadamente por obra da fantástica imaginação, enquanto as paisagens exibiam uma extraordinária vegetação com penhascos, montanhas e construções distintas de qualquer padrão humano, como nenhum sonho corriqueiro jamais sustentaria. Avistou moradores numa cidade submersa; além de vastos desertos com torres das quais globos, cilindros e entidades aladas caíam ou eram lançadas para o espaço. Embora Carter assimilasse tudo, para ele as imagens não tinham qualquer sentido ou relação entre si. Nem mesmo ele tinha qualquer forma ou posição estável; apenas sensações de forma e posição produzidas por sua confusa imaginação.

Carter sempre almejara rever as terras encantadas dos sonhos infantis, onde galés navegavam pelo rio Oukranos até os pináculos dourados de Thran, e as caravanas de elefantes marchavam por entre as selvas perfumadas de Kied, mais além dos esquecidos palácios cujas colunas de marfim rajado jaziam belas e intactas sob o luar. Agora, contudo, inebriado por visões mais amplas, ele mal se lembrava daquilo que tanto havia buscado. Pensamentos de infinita e profana valentia se alastravam pela mente, e ele sabia que enfrentaria sem medo o temido Guia, indagando-lhe questões horrendas e tenebrosas.

De uma só vez, o espetáculo de impressões pareceu atingir certa estabilidade. Havia uma profusão de rochas colossais, todas esculpidas em formatos bizarros e incompreensíveis, dispostas de acordo com as leis de alguma geometria inversa, por nós desconhecida. A luz, filtrada por um céu de cor indeterminada, divergia para direções contrárias e desnorteantes e brincava semiconsciente sobre o que parecia ser uma sinuosa fileira de gigantescos pedestais com hieróglifos hexagonais coroados por figuras encobertas e indefinidas.

Carter também avistou outro tipo de figura, que não ocupava um pedestal, mas parecia planar ou flutuar sobre o piso mais baixo e enevoado. Esse ser não tinha um contorno de fato estático, mas apresentava efêmeros indícios de algo anterior, ou até mesmo análogo, à forma humana — ainda que tivesse metade do tamanho de um homem comum. Parecia estar envolto num manto pesado de cor neutra, como as outras nos pedestais, e Carter não identificou qualquer orifício pelo qual poderia enxergar. Certamente aquilo nem precisava enxergar, já que provavelmente pertencia a uma ordem de seres bem distantes das lógicas e dos atributos meramente físicos.

Um momento depois, a suspeita se provou verdade, pois a Figura falou à mente de Carter sem qualquer som ou linguagem. E ainda que o nome pronunciado fosse temido e aterrorizante,

Randolph Carter não se acovardou. Em vez disso, respondeu-lhe sem vocalizar e o reverenciou da maneira como o tenebroso *Necronomicon* o ensinara. A figura nada mais era do que aquele temido por todo o mundo, desde que Lomar se ergueu do mar e a Criança da Névoa de Fogo veio à Terra ensinar a Sabedoria Ancestral à humanidade. Aquele de fato era o medonho Guia e Guardião do Portal — o UMR AT-TAWIL, o Mais Antigo Ancião, traduzido pelo escriba como O PROLONGAMENTO DA VIDA.

Sendo onisciente, o Guia não apenas sabia da missão de Carter e sua chegada, como também da coragem que o caçador de sonhos e segredos nutrira para enfrentá-lo sem medo. A figura, porém, não emanava qualquer sinal de horror ou maldade, e Carter refletiu por um instante se as insinuações extremamente profanas escritas pelo árabe louco no *Necronomicon* não teriam vindo da inveja e do desejo frustrado de realizar o que estava prestes a fazer. Ou quem sabe o Guia reservasse o horror e a maldade para aqueles que o temiam. Assim que as ondas mentais chegavam, Carter as interpretava na forma de palavras.

— Realmente sou o Mais Antigo de todos os Anciãos — disse o Guia. — Estávamos à sua espera; eu e os Antigos Anciãos. Seja bem-vindo, embora esteja muito atrasado. Sei que tem a chave e destrancou o Primeiro Portal. Agora o Último Portal está disponível para seu experimento. Se sente medo, não precisa avançar. Ainda pode regressar ileso, nas mesmas condições que chegou. Mas caso decida avançar...

Apesar da pausa ameaçadora, o tom das ondas mentais soou amigável. Carter hesitou por um segundo, mas uma curiosidade latente o encorajou.

— Desejo prosseguir — ele respondeu — e o aceito como Guia.

Diante da resposta, determinado movimento no manto do Guia pareceu um sinal feito com o braço ou outro membro semelhante. Um segundo sinal se seguiu e, pelo que lera nos relatos, Carter sabia que o Último Portal estava bem perto. De repente, a luz assumiu uma cor inexplicável e os pedestais quase hexagonais ficaram mais definidos. As figuras sentadas se endireitaram, adquirindo um contorno mais humano — ainda que Carter soubesse que não podiam ser pessoas. Sobre as cabeças cobertas, grandes carapuças de cores distintas surgiram, bastante parecidas com aquelas esculpidas por um artista desconhecido nos penhascos de uma montanha proibida na Tartária; ao passo que, em meio às dobras dos mantos, também apareceram longos cetros cuja extremidade esculpida lhes dava uma aparência grotesca e arcaica.

Carter logo adivinhou o que eram, de onde vieram e a Quem serviam, deduzindo também o preço que cobravam pelo serviço. Ainda assim, dava-se por satisfeito, pois estava a apenas um último profundo ato de coragem da grande descoberta. Como refletiu, a condenação não passa de uma palavra difundida por aqueles cuja cegueira os leva a punir todos os que podem ver, ainda que com um olho só. Ele então refletiu sobre a grandiosa arrogância daqueles que rechaçavam os Antigos Anciãos, como se Eles fossem deixar de lado seus infinitos sonhos para lançar uma maldição sobre a humanidade. Seria tão absurdo quanto imaginar um mamute alterando seu trajeto para se vingar de uma minhoca. Em seguida, como forma de saudação, o grupo sobre os pilares hexagonais fez um gesto com os cetros esculpidos e emitiu uma mensagem que Carter logo interpretou.

— Nós o saudamos, Mais Antigo Ancião, e o saudamos, Randolph Carter, cuja audácia o tornou um de nós.

Carter então percebeu que um dos pedestais estava vazio, e um gesto do Mais Antigo Ancião revelou que fora reservado para ele. Notou ainda outro pedestal, mais alto do que os demais e bem no centro da estranha fileira sinuosa — cujo arranjo não formava nem um semicírculo nem uma elipse, tampouco uma parábola ou uma hipérbole. Por fim, deduziu que só poderia ser o trono do Guia. Cambaleando, Carter subiu de modo singular e ocupou seu lugar — e ao fazê-lo, percebeu que o Guia também havia se sentado.

A névoa gradualmente se dissipou, revelando algum objeto em posse do Mais Antigo Ancião — alguma coisa embrenhada entre as dobras do manto, como se estivesse à vista, ou se quisesse chamar a atenção, dos Companheiros encobertos. Tratava-se de uma grande esfera — ou assim parecia — de algum tipo de metal iridescente. No momento em que o Guia de fato a apresentou, uma abafada e penetrante semi-impressão de som começou a aumentar e diminuir em intervalos aparentemente ritmados, embora não seguissem qualquer padrão rítmico da Terra. Lembravam uma espécie de cântico, ou pelo menos algo que a imaginação humana interpretaria como um cântico. No mesmo instante, a semiesfera começou a se iluminar e cintilar uma luz fria e pulsante, de cor indescritível, e logo Carter se deu conta de que ela piscava no ritmo excêntrico do cântico. Sem delonga, todas as Figuras encapuzadas se puseram a balançar nos pedestais, naquele mesmo ritmo inexplicável, enquanto auréolas de uma luz extraordinária — semelhante àquela emitida pela semiesfera — flutuavam ao redor das cabeças ocultas.

    O indiano interrompeu a história e observou com curiosidade o grande relógio em formato de caixão, com seus quatro ponteiros e o quadrante em hieróglifos, cujo tique-taque descontrolado não seguia qualquer ritmo conhecido na Terra.

    — Não preciso explicar ao senhor, caro Marigny — disparou o indiano ao sábio anfitrião — o tipo específico de ritmo sobrenatural que regia os cânticos e balanços das Figuras encapuzadas nos pilares hexagonais. Além dele, o senhor é a única pessoa nos Estados Unidos que já teve um vislumbre da Dimensão Exterior. Suponho que aquele relógio lhe fora enviado pelo iogue de quem o pobre Harley Warren sempre falava; o vidente que se dizia o único entre os vivos a conhecer o oculto legado da antiga era de Leng; isto é, a temida cidade proibida de Yian-Ho, de onde trouxera alguns objetos. Estive pensando, quantas das sutis propriedades do relógio o senhor conhece? Se meus sonhos e estudos estiverem corretos, foi feito por aqueles que conheciam muito bem o Primeiro Portal. Mas me permita prosseguir com a história.

— Por fim — disse o Swami — o balanço e o cântico cessaram, as auréolas cintilantes se dissiparam e as Figuras encapuzadas se curvaram nos pedestais, com a cabeça reclinada e imóvel. A semiesfera, porém, seguia pulsando uma luz extraordinária. Carter notou que os Antigos Anciãos voltaram a repousar como da primeira vez que os vira, e se perguntou quais sonhos cósmicos sua chegada teria despertado. Aos poucos, a verdade sobre aquele estranho ritual começava a surgir; e logo Carter entendeu que tudo fora uma espécie de comando, a partir do qual os Companheiros foram encantados pelo Mais Antigo Ancião para que caíssem num tipo de sono capaz de induzir sonhos que abrem o Último Portal — para o qual a chave de prata servia como passaporte. Sabia também que, na profundidade desse intenso sono, as Figuras contemplavam a infinita vastidão da completa e absoluta exterioridade, e que certamente cumpririam aquilo que sua própria presença demandava.

O Guia não partilhou do sono, mas parecia continuar dando ordens de um modo sutil e silencioso. Por certo implantava imagens de coisas com que desejava que os Companheiros sonhassem; e Carter sabia que, a cada Antigo Ancião que visualizasse o pensamento prescrito, o núcleo de uma nova manifestação visível aos seus olhos humanos se formaria. E quando os sonhos de todas a Figuras se conciliassem, aquela manifestação se cumpriria e tudo que almejava se materializaria mediante a concentração. Carter já testemunhara esse tipo de coisa na Terra; mais especificamente na Índia, onde a vontade combinada e projetada num círculo de discípulos consegue fazer um pensamento adquirir forma física — assim como ocorria na arcaica Atlaanat, da qual poucos sequer ousam falar.

Do que exatamente se tratava o Último Portal, ou como deveria cruzá-lo, Carter não sabia ao certo, mas uma tensa expectativa se apossou dele. Tinha a consciência de possuir um tipo de corpo e de segurar na mão a fatídica chave. Sentia também uma irresistível força atraindo seus olhos para o centro da enorme massa de rochas colossais, que se erguiam alinhadas como uma muralha na frente dele. E então sentiu as ondas mentais do Mais Antigo Ancião cessarem de repente.

Pela primeira vez, Carter compreendeu como pode ser maravilhoso o absoluto silêncio físico e mental. Algum tipo de ritmo sempre esteve presente desde os primeiros segundos, mesmo que fosse apenas o leve pulsar misterioso da dimensão terrestre; porém, naquele momento, a quietude do abismo pareceu se alastrar. Apesar das demandas do corpo, tinha a respiração inaudível; e o brilho da semiesfera de Umr at-Twil se petrificara, estático sem qualquer pulsação. Uma intensa auréola, ainda mais luminosa do que aquelas que haviam flutuado ao redor das Figuras, irradiava congelada acima do crânio do terrível Guia encoberto. Naquele instante, uma sensação vertiginosa acometeu Carter, deixando-o mil vezes mais desnorteado. As luzes bizarras pareciam se comportar como a mais impenetrável escuridão acumulada dentro da própria escuridão, enquanto uma entorpecente atmosfera solitária pairava sobre os Antigos Anciãos, retraídos em seus tronos pseudo-hexagonais. Então, nosso amigo sentiu como se estivesse sendo levado para o fundo de um imensurável abismo, com perfumadas ondas de calor lhe afagando o rosto. Era como se flutuasse num tórrido mar tingido de rosa, um mar de vinho embriagante cujas ondas quebram espumosas em praias de fogo ardente. Ao vislumbrar, porém, aquela vasta extensão de mar crescendo e se chocando contra a longínqua costa, um grande temor o dominou. Por fim, o intervalo de completo silêncio se desfez, e as ondas voltaram a se comunicar numa linguagem desprovida de partículas físicas ou palavras articuladas.

— O Homem da Verdade está acima do bem e do mal — entoou a voz que não era uma voz. — O Homem de Verdade se dirigiu ao Todo-Em-Um. O Homem da Verdade aprendeu que a Ilusão é a Única Realidade, e que a Substância é a Grande Impostora.

Em seguida, naquela muralha de pedras para a qual seus olhos haviam sido atraídos de maneira tão irresistível, o contorno de um arco colossal surgiu — não muito diferente daquele que julgara ter visto na caverna dentro da caverna, quando ainda estava na remota e ilusória superfície da Terra tridimensional. De súbito, Carter se deu conta de que vinha usando a chave de prata, movendo-a de acordo com um ritual instintivo e espontâneo, bastante parecido com aquele que abrira o Portal Interno. Também compreendeu que aquele mar róseo e inebriante que antes lhe afagara o rosto nada mais era do que a grande muralha adamantina se dissolvendo diante do feitiço que lançava e do turbilhão de pensamentos com que os Antigos Anciãos o ajudavam. Ainda guiado pelo instinto e embriagado de coragem, Carter flutuou para a frente e atravessou o Último Portal.

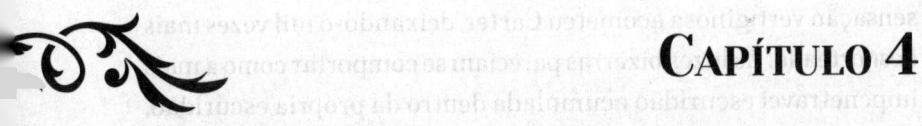

Capítulo 4

A passagem de Randolph Carter através da ciclópica imensidão rochosa foi como uma queda desnorteada para dentro de infinitos abismos interestelares. De uma enorme distância, ele sentiu divinas ondas de doçura mortal e triunfante, seguidas pelo farfalhar de gigantescas asas e pela impressão de ruídos imprecisos, como gorjeios ou murmúrios de objetos desconhecidos na Terra ou em todo o Sistema Solar. Ao olhar de relance para trás, não viu apenas um, e sim uma infinidade de portais — e em alguns deles surgiram Figuras que Carter se esforçou para esquecer.

De repente, ele sentiu um terror ainda maior do que qualquer Figura poderia suscitar; um pavor do qual não tinha como fugir, pois estava dentro de si. Partes da estabilidade de Carter haviam sido tomadas desde o Primeiro Portal, deixando-o incerto sobre a própria forma corpórea e os objetos turvos e nebulosos ao redor. Seu senso de unidade, porém, não havia sido alterado até então. Ele ainda era Randolph Carter, um ponto fixo no caos dimensional. No entanto, num momento de violento pavor ao cruzar o Último Portal, compreendeu que não era somente uma pessoa, e sim muitas.

O HORROR DE DUNWICH

Estava em muitos lugares ao mesmo tempo. Na Terra, no dia 7 de outubro de 1883, um garotinho chamado Randolph Carter saía do Covil das Cobras sob a silenciosa luz do entardecer, descia apressado a encosta rochosa, atravessava o pomar de macieiras retorcidas em direção à casa do Tio Christopher, nas colinas além de Arkham. Ao mesmo tempo, porém, era o ano terrestre de 1928, quando uma opaca sombra, sentada num pedestal entre Antigos Anciãos na extensão transdimensional da Terra, também era Randolph Carter. Do mesmo modo, ali também estava um terceiro Randolph Carter, no desconhecido e disforme abismo cósmico atrás do Último Portal. E em qualquer outro lugar — num enlouquecedor caos de infinitas multiplicidades e imensuráveis possibilidades de cenários — existia uma ilimitada confusão de seres que ele identificava como si mesmo, tanto quanto a própria manifestação presente naquele instante atrás do Último Portal.

Os Carters não só estavam nos planos de todos os períodos conhecidos ou presumidos da história da Terra, como também nas eras ainda mais remotas, que transcendem o conhecimento, a suspeita e a credibilidade. Existiam Carters em formas humanas e não humanas, vertebradas e invertebradas, conscientes e inconscientes, animais e vegetais. E mais, alguns Carters nem sequer tinham relação com a vida terrestre, incansavelmente transitavam pelo continuum cósmico, entre as diferentes condições dos planetas, sistemas e galáxias, espalhando sementes da vida eterna de mundo a mundo, universo a universo — ainda que todas fossem ele mesmo. Alguns dos vislumbres pareciam sonhos que ele tivera por longos anos, desde que começara a sonhar. Eram sonhos vívidos e nebulosos, efêmeros e persistentes, tudo ao mesmo tempo; e alguns inclusive guardavam uma familiaridade fascinante, quase assombrosa, que nenhuma lógica terrestre poderia explicar.

Diante dessa tomada de consciência, Randolph Carter cambaleou nas armadilhas do extremo horror, conhecendo um tipo de pânico que jamais sentira — nem mesmo no clímax daquela noite tenebrosa, quando os dois se aventuraram no antigo e repugnante cemitério sob a lua minguante, mas apenas um deles retornou. Nem a morte, tampouco o fracasso ou a tortura, é capaz de manifestar o desespero de perder a própria identidade. A inexistência está atrelada ao tranquilo esquecimento; porém, quando se tem noção da própria existência, mas se descobre que não é mais um ser único, sem uma identidade que o diferencia de outros, uma indescritível sensação de agonia e pavor se instaura.

Sabia que existira um Randolph Carter de Boston, ainda que não tivesse certeza se ele — aquele fragmento ou faceta de uma entidade atrás do Último Portal — fora de fato esse ou outro. Mesmo que seu ego tivesse sido aniquilado, Carter sabia que, de alguma maneira, ainda era uma legião de possibilidades de si mesmo — isto é, se realmente pudesse existir algo que fosse ele mesmo diante da completa impossibilidade de existência individual. Era como se, de uma hora para outra, seu corpo tivesse se transformado numa daquelas efígies esculpidas em templos indianos, cheias de braços e cabeças; e assim contemplava os inúmeros membros, numa confusa tentativa de discernir quais eram os originais — isto é, se realmente (que pensamento aterrorizante!) houvesse um original distinto das representações.

Em meio a essas devastadoras reflexões, o fragmento de Carter atrás do Último Portal, que já parecia estar no ápice do horror, foi arremessado às profundezas de um terror ainda mais tenebroso e avassalador. Dessa vez, grande parte vinha de fora. Tratava-se da força de uma personalidade externa que o confrontou e o cercou, impregnando-se de uma vez como se fosse parte dele mesmo, como se coexistisse com sua própria presença e coincidisse com todo o tempo e espaço. Não tinha aparência visual, mas podia senti-la como uma entidade. Essa terrível essência combinava conceitos de localidade, identidade e infinidade que lhe conferiam um aspecto tenebroso, causando o terror mais paralisante que qualquer fragmento de Carter já experienciara.

Perante aquele terrível assombro, o semi-Carter até se esqueceu do horror da individualidade destroçada. Tratava-se de uma entidade Todo-Em-Um e Um-Em-Todo, cujo ser e identidade são infinitos. Ela não era uma coisa do continuum espaço-tempo, e sim uma parte da principal essência de toda a extensão da existência — da última essência, daquela que não tem fim, que extrapola as leis da fantasia e da matemática. Talvez aquela fosse a entidade que certos cultos na Terra têm secretamente chamado de Yog-Sothoth, e que também fora cultuada com outros nomes, como o Divino-Do-Além dos crustáceos de Yuggoth ou o vocábulo incompreensível que as almas etéreas da nebulosa em espiral costumam usar. E assim, num piscar de olhos, a faceta de Carter compreendeu como são fúteis e inconsistentes todas essas definições.

Por fim, o Ser começou a se aproximar do fragmento de Carter em vastas ondas que o golpeavam, queimavam e ensurdeciam — como uma concentração de energia que acertava o alvo com uma violência quase insuportável. Os golpes avançavam no mesmo ritmo daquela sequência sobrenatural que despertara o balanço dos Antigos Anciãos e cintilara as extraordinárias luzes na caótica região detrás do Primeiro Portal. Era como se os sóis, os mundos e os universos tivessem convergido num único ponto, cuja própria posição no espaço todos quisessem aniquilar com um impacto de fúria incontrolável. Em meio a esse terror maior, porém, outro menor se atenuava; pois as ondas abrasadoras pareciam isolar de alguma forma o Carter do Último Portal de sua infinidade de cópias — fazendo com que ele, por assim dizer, recuperasse um tanto da ilusão de identidade. Passado certo tempo, o alvo começou a traduzir as ondas em palavras conhecidas, e assim a sensação de horror e opressão diminuiu. O medo se tornou fascínio, e o que antes parecera um insulto anormal se transformou num majestoso encanto.

— Randolph Carter — pareceu dizer — minhas manifestações na extensão de seu planeta, os Antigos Anciãos, enviaram-no a mim como aquele que teria recentemente retornado às terras dos sonhos que perdera; mas que, diante da liberdade, acabou buscando desejos mais profundo e repostas mais nobres. Você desejava navegar pelo dourado Oukranos, procurar esquecidas cidades de marfim, ir além do emaranhado de orquídeas de Kied e ocupar o trono de opala de Ilek-Vad, cujas fabulosas torres e incontáveis cúpulas se elevam poderosas em direção à única estrela vermelha, num firmamento alheio à Terra e a toda matéria. Agora, tendo ultrapassado dois portais, deseja coisas mais elevadas. Sei que não fugiria como uma criança escapa de uma cena desagradável para um sonho prazeroso, mas mergulharia como um homem no último e mais profundo segredo por trás de todos os sonhos e cenários.

— Acho louvável o que deseja, e estou disposto a lhe conceder o que concedi apenas onze vezes aos seres de seu planeta; das quais cinco foram àqueles que vocês chamam de humanos, ou que ao menos se assemelham a eles. Também me disponho a lhe apresentar o Último Mistério, cujo vislumbre momentâneo seria capaz de destruir um espírito fraco. Contudo, antes de encarar esse último e primeiro segredo, sinta-se livre para tomar uma decisão e regressar pelos dois portais, com o Véu ainda intacto diante dos olhos.

Capítulo 5

Uma repentina interrupção das ondas deixou Carter num silêncio perturbador e surpreendente, carregado de profunda desolação. A infinita imensidão do vácuo o sufocava de todos os lados, mas ele sabia que o Ser permanecia ali. Depois de um momento, formulou as palavras cuja substância mental lançaria ao abismo.

— Eu aceito. Não retornarei.

As ondas ressurgiram, e Carter soube que o Ser o ouvira. Então, uma avalanche de conhecimento e explicação estourou daquela Mente ilimitada, revelando novas visões a Carter e o preparando para um domínio sobre o cosmos que jamais imaginara ter. Foi-lhe explicado como a noção de um mundo tridimensional era limitada e ingênua; e ele logo descobriu uma infinidade de direções além das noções de cima-baixo-frente-trás. Também compreendeu a pequenez e a vaidade dos ínfimos deuses terrestres, com seus interesses mesquinhos e vínculos humanos, seus ódios, iras, amores e vaidades, os desejos por louvores e sacrifícios, as exigências de fé contrárias à razão e à natureza.

Ainda que a maioria das ondas se traduzisse para Carter, algumas delas demandavam o esforço de outros sentidos para ser interpretadas. Com a ajuda dos olhos, ou talvez da imaginação, percebeu que se encontrava numa região de dimensões inconcebíveis aos olhos e ao cérebro humano. Nas sombras ameaçadoras que antes pareciam um turbilhão de poder, e depois um vazio infinito, passou a enxergar uma imensidão de formas que lhe confundiam os sentidos. De algum ponto de vista privilegiado, observava imensas figuras cujas múltiplas extensões transcendiam qualquer noção de aparência, tamanho e limite que sua mente conseguira conceber até então — por mais que tivesse dedicado toda a vida aos estudos do oculto. E assim, começava a vagamente compreender como era possível o pequeno Randolph Carter, na fazenda de Arkham em 1883, coexistir com a nebulosa forma no pilar hexagonal detrás do Primeiro Portal, com o fragmento diante da Presença no infinito abismo e com todos os demais Carters que sua imaginação pudesse conceber.

As ondas se fortificaram na tentativa de aprimorar sua compreensão, reconciliando-o com a multiforme entidade da qual o fragmento que o constituía significava uma infinitésima parte. Explicaram-lhe que cada forma do espaço não é mais do que o resultado da intersecção entre uma forma e outra correspondente numa realidade com uma dimensão a mais — como um quadrado é o corte de um cubo ou um círculo, de uma esfera. Desse modo, o cubo e a esfera de três dimensões são também cortes de formas de quatro dimensões — conhecidas pelos homens apenas em sonhos ou suposições — que, por sua vez, são partes daquelas de cinco; e assim por diante, até chegar aos arquétipos infinitos, de tamanhos vertiginosos e inalcançáveis. O mundo dos homens e dos seus deuses não passa de uma infinitésima fase de uma infinitésima coisa — a fase tridimensional daquela pequena totalidade alcançada pelo Primeiro Portal, onde o Umr at-Tawil impõe sonhos aos Antigos Anciãos. Embora os homens chamem isso de realidade, e estigmatizem como irreais os universos multidimensionais, a verdade consiste no exato oposto. O que chamamos de substância e realidade é sombra e ilusão, e o que chamamos de sombra e ilusão é substância e realidade.

— O tempo — as ondas continuaram — é imóvel, não tem princípio ou fim. A ideia de que ele se move e ocasiona mudanças não passa de uma ilusão. Na verdade, o próprio tempo em si é uma ilusão, porque não existem coisas como passado, presente e futuro; embora a percepção estreita dos seres de dimensões limitadas diga o contrário. Os humanos só acreditam no tempo em razão daquilo que chamam de mudança; que, entretanto, também é uma ilusão. Tudo o que foi, está sendo e será existe simultaneamente.

Essas revelações chegaram a Carter com tão divina solenidade que ele sequer cogitou duvidar. Ainda que quase lhe escapassem à compreensão, sentiu que deviam ser verdadeiras à luz daquela última realidade cósmica que contradizia qualquer perspectiva parcial ou visão estreita. Além disso, estando habituado às profundas especulações, Carter era bastante suscetível a se livrar das amarras de qualquer concepção estreita ou parcial. Ora, toda essa busca não teria de fato partido de uma descrença na realidade estreita e parcial?

Depois de uma pausa significativa, as ondas prosseguiram dizendo que aquilo que os habitantes de regiões de poucas dimensões chamam de mudança nada mais é do que uma função da própria consciência, que vê o mundo externo sob vários ângulos cósmicos. Assim como um cone pode ser cortado por diferentes ângulos — formando um círculo, uma elipse, uma parábola ou uma hipérbole, sem qualquer mudança no próprio cone — os aspectos intactos e imutáveis de uma realidade também podem variar a depender do ângulo cósmico sob o qual os observamos. E os frágeis seres desses mundos internos são escravos dessa variedade de ângulos de consciência, já que, com raras exceções, não conseguem aprender a controlá-los. Apenas alguns estudiosos dos mistérios proibidos alcançaram parte desse controle, e assim dominaram o tempo e a mudança. As entidades dos Portais, porém, têm controle de todos os ângulos e podem visualizar as incontáveis facetas do cosmos como bem entenderem — seja a partir da fragmentada noção de mudança ou da verdadeira concepção de totalidade imutável.

Quando as ondas voltaram a cessar, Carter se apavorou ao notar que vagamente compreendera a última parte do enigma da individualidade perdida que, a princípio, tanto o aterrorizara. Sua intuição começava a encaixar as peças daquele quebra-cabeça, e o conduzia cada vez mais perto da compreensão do segredo. Finalmente, Carter entendeu que grande parte da tenebrosa revelação — a divisão do ego numa miríade de semelhantes terrestres — teria se apresentado muito antes, logo no Primeiro Portal, não fosse a magia do Umr at-Tawil postergá-la para garantir que abrisse o Último Portal com plena convicção. Ansioso para respostas mais consistentes, ele emitiu novas ondas mentais, questionando sobre a exata relação entre as diferentes facetas: o fragmento detrás do Último Portal, o fragmento sentado no pedestal hexagonal do Primeiro Portal, o menino de 1883, o homem de 1928, os seres ancestrais que originaram sua linhagem e a base de seu ego, além dos habitantes de eras e mundos desconhecidos que, num único e tenebroso vislumbre, ele reconhecera como si mesmo. Aos poucos, as ondas do Ser surgiram em resposta, tentando esclarecer o que estava quase além do alcance de uma mente terrena.

— Todas as linhagens descendentes de seres das finitas dimensões — disseram as ondas — bem como todas as fases de desenvolvimento de cada um desses seres, são meras manifestações de um ser arquetípico e imortal no espaço externo às dimensões. Cada ser local, seja filho, pai ou avô, e cada estágio individual, seja bebê, criança, jovem ou adulto, não passa de uma das infinitas fases daquele mesmo ser arquetípico e imortal, seccionado por uma variação no ângulo do plano da consciência. Randolph Carter em todas as idades, Randolph Carter e todos os seus antepassados, tanto humanos quanto pré-humanos, terrestres ou pré-terrestres, todos eles são apenas fases de um Carter principal, eterno e externo ao espaço-tempo — projeções espectrais diferenciadas somente pelo ângulo em que o plano da consciência por acaso seccionou o arquétipo eterno.

— Uma leve alteração no ângulo poderia transformar o estudioso de hoje na criança de ontem; poderia converter Randolph Carter naquele feiticeiro, Edmund Carter, que fugiu de Salém para as colinas detrás de Arkham em 1692, ou naquele Pickman Carter que, no ano de 2169, recorrerá a estranhos meios para expulsar as hordas de mongóis da Austrália. Um ínfimo deslocamento no corte seria suficiente para transformar um Carter humano numa daquelas antigas entidades que habitaram a primitiva Hiperbórea e veneraram o negro e flácido Tsathoggua após a fuga de Kythamil, o planeta duplo que outrora orbitara Arcturus, ou até mesmo transformar um Carter terrestre num ancestral antiquíssimo e disforme do próprio Kythamil, e quem sabe numa criatura ainda mais remota da transgaláctica Stronti, numa consciência gasosa de quatro dimensões de um continuum espaço-tempo mais antigo, num cérebro vegetal do futuro, habitante de um sombrio cometa radioativo de órbita inconcebível; e assim por diante, no infinito ciclo cósmico.

— Todos os arquétipos habitam o Último Abismo — vibraram as ondas. — São disformes, inefáveis e idealizados por raros sonhadores dos mundos de poucas dimensões.

Acima de todos eles, estava esse Ser mensageiro que, na verdade, era o arquétipo do próprio Carter. Aquele fervor temeroso de Carter e de todos seus antepassados pelos segredos cósmicos e censurados era consequência do vínculo com o Supremo Arquétipo. Em qualquer mundo, todos os feiticeiros, os grandes pensadores e os artistas são facetas Dele.

Atordoada por uma mistura de pavor, fascínio e deleite, a consciência de Randolph Carter rendeu homenagem àquela

Entidade transcendente da qual se originara. Assim que as ondas se dissiparam outra vez, ele meditou no poderoso silêncio, pensando em estranhos tributos, insólitos questionamentos e pedidos ainda mais incomuns. Ideias bizarras e conflitantes flutuavam num cérebro atormentado por visões estapafúrdias e revelações inesperadas. Ocorreu-lhe que, se essas descobertas fossem de fato legítimas, ele poderia fisicamente visitar todas aquelas eras longínquas e outras partes do universo que, até então, só conhecera em sonhos — bastava apenas dominar a magia capaz de alterar o ângulo de sua consciência. E a própria chave de prata não proporcionaria essa magia? Não teria sido ela a responsável por transformar um homem de 1928 em um menino de 1883, e depois em algo completamento alheio ao tempo? Por incrível que pareça, apesar da ausência de corpo físico, Carter sabia que a chave se mantinha com ele.

Enquanto o silêncio ainda reinava, Randolph Carter emitiu os pensamentos e as questões que o afligiam. Sabia que ali, no Último Abismo, encontrava-se equidistante de todas as facetas de seu arquétipo — humanas ou não, terrestres ou extraterrestres, galácticas ou transgalácticas — e borbulhava de curiosidade quanto às outras fases de seu ser — sobretudo aquelas mais distantes do espaço e do tempo terrestre de 1928, ou as que mais haviam assombrado seus sonhos ao longo da vida. Assim, teve a impressão de que a Entidade arquetípica, mediante uma simples mudança no plano de sua consciência, poderia enviá-lo fisicamente a qualquer uma das fases passadas e remotas da existência. Ainda que já tivesse experienciado inúmeras maravilhas, Carter ansiava pela magnífica sensação de caminhar por aqueles cenários grotescos e fascinantes que os sonhos noturnos tinham lhe mostrado somente de relance.

Sem qualquer intensão específica, ele se viu pedindo à Presença acesso a um mundo fantástico e nebuloso, que repetidas vezes invadira seus sonhos com cinco sóis multicoloridos, constelações alienígenas e habitantes com garras e focinhos de anta, além de sombrios penhascos vertiginosos, bizarras torres metálicas, túneis enigmáticos e misteriosos cilindros flutuantes.

Algo lhe dizia que, de todo o cosmos inteligível, aquele mundo era o que mais se relacionava com os demais universos — e o que Carter mais desejava era poder explorar as paisagens que vislumbrara apenas em sonho, embarcando numa missão espacial aos mundos ainda mais remotos, pelos quais transitavam os habitantes de garra e focinho de anta. Não tinha tempo para temer. Como em todas as crises de sua estranha vida, a pura curiosidade cósmica triunfou acima de tudo.

Quando as ondas retomaram as incríveis vibrações, Carter soube que o terrível pedido seria atendido. O Ser lhe falou da inexplorada estrela quíntupla, centro da galáxia oculta orbitada pelo mundo alienígena, e dos abismos sombrios pelos quais passaria; além das inúmeras feras subterrâneas, contra as quais as criaturas de garras e focinhos de anta estão fadadas a lutar. Também lhe explicou que o ângulo de sua consciência individual teria de se inclinar simultaneamente ao ângulo da consciência dos elementos situados no espaço-tempo do mundo desejado, pois só assim a faceta de Carter que lá habitara poderia ser restaurada.

A Presença também recomendou que levasse consigo algum talismã que pudesse transportá-lo caso desejasse partir do remoto e alienígena mundo que escolhera; ao que Carter, entretanto, emitiu uma resposta impaciente, confiante de que a chave de prata, que sentia estar consigo e fora responsável por inclinar o plano externo e interno ao enviá-lo de volta a 1883, bastava como amuleto. Então, o Ser interpretou o tom impaciente do fragmento como um sinal para a realização de seu monstruoso desejo.

As ondas cessaram de repente, e uma momentânea calmaria sobreveio com uma atmosfera de inominável e pavorosa expectativa. Logo em seguida, sem qualquer aviso, fortes rangidos e ruídos de tambores se intensificaram até explodirem num violento estouro de trovão. Mais uma vez Carter se tornou alvo de uma intensa concentração energética que o golpeava, martelava e queimava de maneira insuportável, no ritmo já familiar do espaço sideral. No entanto, a natureza daquela força lhe pareceu indecifrável, e talvez viesse da explosão de calor de uma estrela em chamas ou do frio petrificante do Último Abismo. Faixas e raios de cores totalmente alheias a qualquer espectro terrestre brincavam, serpenteavam e se entrelaçavam enquanto ele tentava conceber a tenebrosa velocidade com que se movia. Por um milésimo de segundo, avistou de relance a imagem de uma figura sentada sozinha num trono enevoado, mais hexagonal do que qualquer outro...

Capítulo 6

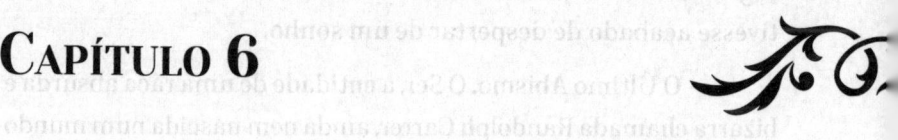

Assim que interrompeu a história, o indiano notou que Marigny e Phillips o fitavam absortos. Aspinwall, porém, fingia ignorar o relato, mantendo os olhos grudados nos documentos diante dele. Para eles, o ritmo sobrenatural do relógio em formato de caixão havia adquirido um novo e funesto significado, enquanto a excessiva fumaça dos tripés descuidados se contorcia em fantásticas e inexplicáveis formas que, por algum motivo perturbador, combinavam com as grotescas figuras das tapeçarias sacolejadas pelo vento. O velho negro que os servira havia ido embora — talvez a crescente e assustadora tensão o tivesse afugentado da casa. Quando voltou a articular o custoso e fluente linguajar, o orador foi inibido por uma hesitação quase angustiada.

— Pode ser difícil acreditar nessas questões do abismo — prosseguiu — mas ainda mais inacreditáveis lhes parecerão as coisas tangíveis e materiais que estão por vir. É assim que funciona a nossa mente. As maravilhas são duplamente incríveis quando trazidas das sombrias regiões oníricas ao mundo tridimensional. Não hei de me alongar nisso, pois entraria em outra longa história. Compartilharei apenas o que realmente precisam saber.

— Depois daquele último turbilhão de ritmos policromáticos e alienígenas, Carter teve a breve impressão de estar em seu antigo e insistente sonho. Como em tantas outras noites, viu-se caminhando entre multidões de seres com garras e focinhos de anta, pelos caminhos de um espantoso labirinto metálico, sob a luz de diversas cores solares. Tão logo olhou para baixo, viu que seu corpo era igual ao dos demais: a pele rugosa, meio escamosa, com articulações semelhantes às de um inseto, apesar do caricato contorno humanoide. A chave de prata seguia consigo, mas empunhada por uma garra de aparência tenebrosa. No instante seguinte, a sensação onírica se esvaeceu e Carter sentiu como se tivesse acabado de despertar de um sonho.

— O Último Abismo, O Ser, a entidade de uma raça absurda e bizarra chamada Randolph Carter, ainda nem nascida num mundo do futuro; todas essas coisas faziam parte de sonhos persistentes e recorrentes vivenciados pelo bruxo Zkauba, no planeta de Yaddith. Eram tão persistentes que chegavam a interferir no cumprimento de seus deveres, como a criação de feitiços para manter os terríveis dholes nas tocas; e se misturavam às lembranças que tinha da miríade de mundos reais que visitara em seu envoltório luminoso. Naquele momento, entretanto, as experiências oníricas pareciam mais reais do que nunca. A pesada chave de prata que surgira na garra direita, exatamente igual àquela que vira em sonho, não lhe pareceu coisa boa. À vista disso, achou por bem descansar, meditar e consultar as Tábuas de Nhing em busca de orientação. Escalando um muro de metal num trecho isolado do caminho principal, ele entrou em seu apartamento e se aproximou da prateleira de tábuas.

Sete frações de dias depois, Zkauba se agachou em seu prisma, meio estarrecido e desesperado, pois a verdade revelara um novo conjunto de lembranças contraditórias. Nunca mais sentiria a paz de ser uma única entidade. Em todo o espaço e tempo seria dois: Zkauba, o bruxo de Yaddith, enojado com a ideia daquele repugnante mamífero terrestre que seria e fora; e Randolph Carter, natural de Boston, da Terra, trêmulo de medo da criatura de garras e focinho de anta que outrora fora e outra vez se tornara.

— As unidades de tempo passadas em Yaddith — murmurou o Swami, cuja voz forçada começava a demonstrar sinais de fadiga — dão uma história à parte, impossível de ser resumida. Houve expedições a Stronti, Mthura e Kath, além de muitos outros mundos das 28 galáxias acessíveis aos invólucros luminosos das criaturas de Yaddith. A jornada também transitou por bilhões de anos no tempo, graças à ajuda da chave de prata e de outros talismãs conhecidos pelos bruxos de Yaddith. Surgiram combates horrendos com os esbranquiçados e viscosos dholes nos antigos túneis que cortam o planeta como uma colmeia; mas também se somaram fascinantes sessões de estudo em bibliotecas milenares, em meio a acervos de saberes acumulados por milhares de mundos vivos e extintos. Houve tensas conferências com outros sábios de Yaddith, entre eles o Arquianção Buo, mas Zkauba não contou a ninguém o que ocorrera com sua personalidade.

— Quando a faceta de Randolph Carter tomava a frente do corpo, ele se esgotava de estudar todos os meios possíveis de retornar à Terra e ao antigo corpo, exercitando a linguagem humana com órgãos alienígenas tão somente habituados a sons guturais. Porém, tomado de horror, a faceta de Carter logo descobriu que a chave de prata não servia para levá-lo de volta à forma humana. Com base nas lembranças, nos sonhos que já tivera e nas tradições de Yaddith, ele descobriu tarde demais que a chave se tratava de um produto de Hiperbórea na Terra, cujo poder se limitava apenas à manipulação dos ângulos da consciência humana. Além disso, ela também conseguia mudar o ângulo planetário e mover o usuário através do tempo, embora o corpo e o local permanecessem imutáveis.

— Existia, porém, um feitiço complementar capaz de lhe atribuir infinitos poderes; no entanto, tratava-se de uma descoberta também humana, restrita a uma região espacialmente inalcançável e impossível de ser reproduzida pelos feiticeiros de Yaddith. A fórmula desse feitiço fora redigida no pergaminho indecifrável, guardado com a chave de prata na repugnante caixa entalhada — e

Carter se arrependia amargamente por tê-lo deixado para trás. O então inacessível Ser do abismo o advertira a levar consigo algum talismã, certificando-se de que não lhe faltaria nada, mas Carter não lhe dera ouvidos.

— Conforme o tempo passava, ele se aprofundava cada vez mais nos vastos saberes de Yaddith, lutando para encontrar um caminho de volta ao abismo e à Entidade onipotente. Com os novos conhecimentos adquiridos, poderia ter avançado muito na compreensão do misterioso pergaminho; mas esse saber, nas presentes condições, não passava de pura ironia. Havia momentos em que a faceta de Zkauba prevalecia, e o velho bruxo tentava apagar as conflitantes lembranças de Carter que tanto o perturbavam.

E assim decorreram muitos intervalos de tempo, eras mais duradouras do que a mente humana é capaz de imaginar, visto que os seres de Yaddith só morrem depois de extensos ciclos. Após centenas de rotações, a faceta de Carter parecia dominar a de Zkauba, e passava longos períodos calculando a distância espacial e temporal entre Yaddith e a Terra. Os cálculos demonstravam milhares de anos-luz de distância, mas o conhecimento imemorial de Yaddith permitiu que conseguisse compreender algumas coisas. Assim, Carter desenvolveu a habilidade de sonhar que estava a caminho da Terra, e aprendeu coisas sobre nosso planeta que jamais soubera; entretanto seguia incapaz de sonhar com a fórmula do pergaminho perdido.

Por fim, a faceta de Carter se pôs a arquitetar um plano mirabolante para escapar de Yaddith. Essa ideia começou quando ele descobriu uma droga capaz de manter a faceta de Zkauba sempre adormecida, ainda que sem desintegrar o conhecimento e as lembranças de Zkauba. Ele acreditava que seus cálculos lhe permitiriam realizar uma jornada utilizando um envoltório de ondas luminosas como nenhum ser de Yaddith jamais fizera: numa viagem corpórea por imensuráveis anos, através de uma incrível extensão galáctica até o Sistema Solar e a Terra.

— Chegando à Terra, mesmo que no corpo de uma coisa com garras e focinho de anta, ele daria um jeito de encontrar o pergaminho que deixara no carro em Arkham e decifrar os estranhos hieróglifos. Assim, com a ajuda do feitiço, a chave poderia recuperar sua antiga aparência terrestre.

Carter, porém, não ignorava os riscos dessa tentativa. Sabia que, quando alterasse o ângulo do planeta para a época certa (coisa impossível de ser feita enquanto se cruza o espaço), Yaddith seria um mundo extinto, dominado por dholes triunfantes. Além disso, a fuga no envoltório luminoso era uma questão de grave incerteza, e Carter estava ciente de que precisaria suspender suas condições vitais, com bastante cuidado e habilidade, pois só assim sobreviveria à longínqua viagem através dos insondáveis abismos. Também sabia que, caso tudo corresse bem, deveria se imunizar contra bactérias e outras patologias terrestres hostis a um corpo de Yaddith. Depois de tudo, ainda teria que arranjar uma maneira de simular a forma humana, até que conseguisse recuperar e decifrar o pergaminho para retomar seu verdadeiro corpo; do contrário, certamente seria descoberto e destruído pelas pessoas horrorizadas por um ser que não deveria existir. Por fim, seria conveniente levar um pouco de ouro (por sorte, fácil de obter em Yaddith) para sustentá-lo no período de buscas.

Aos poucos, os planos de Carter foram avançando. Ele construiu um envoltório de ondas luminosas de excepcional rigidez, capaz de suportar tanto a desmedida transição temporal como o inédito voo pelo espaço. Também testou todos os cálculos e manipulou os sonhos repetidas vezes em direção à Terra, aproximando-os o máximo possível de 1928. Exercitou a suspensão das condições vitais com admirável êxito, descobriu os agentes bactericidas de que precisava e calculou a variação gravitacional à que deveria se acostumar. Com bastante destreza, modelou uma máscara de cera e um traje largo que lhe possibilitariam transitar entre as pessoas como um ser humano. Logo depois, desenvolveu um feitiço duas vezes mais potente contra os dholes, a fim de contê-los no momento da partida do sombrio e extinto Yaddith do futuro. Sabendo que seria impossível obter na Terra as drogas que mantinham a faceta de Zkauba inativa, também se preocupou em levar uma quantidade que durasse até se livrar do corpo de Yaddith, assim como garantiu a quantidade necessária de ouro para uso terrestre.

Instantes de dúvida e apreensão marcaram o tão almejado dia da partida. Carter subiu à plataforma de lançamento do envoltório, sob o pretexto de uma viagem à estrela Nython, e rastejou para dentro da capa de metal reluzente. Tinha espaço apenas para executar o ritual da chave de prata, e, ao fazê-lo, o invólucro começou a vagarosamente levitar. Uma intensa agitação surgiu, o dia escureceu e uma horrenda pontada de dor o atravessou. O cosmos parecia rodar descontroladamente, enquanto as outras constelações dançavam na escuridão do céu.

Subitamente, Carter notou um novo equilíbrio. Alguns anos antes, o frio das profundezas interestelares corroera o exterior do envoltório metálico em que acabara de partir, e Carter sentiu como se flutuasse livre no espaço. O mundo abaixo dele apodrecia com os gigantes dholes, e mesmo naquela situação, um deles o seguiu por centenas de metros, esticando a extremidade viscosa e esbranquiçada para perto dele. Por fim, os feitiços lançados fizeram efeito, e Carter fugiu ileso de Yaddith.

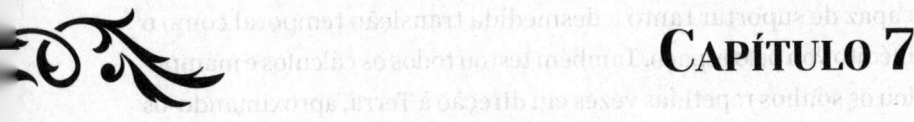

Capítulo 7

Naquele bizarro salão em New Orleans, de onde o velho criado fugira por instinto, a bizarra voz de Swami Chandraputra se tornou ainda mais rouca.

— Senhores — prosseguiu — não lhes pedirei que acreditem nessas coisas até que eu lhes tenha apresentado provas palpáveis. Vejam como mito os milhares de anos-luz de distância.

O HORROR DE DUNWICH

Desacreditem dos milhares de anos passados, dos incontáveis bilhões de quilômetros percorridos por Randolph Carter na pele de uma entidade alienígena desconhecida, vagando pelo espaço num pequeno envoltório de material condutor. O tempo de suspensão das condições vitais fora calculado com o máximo de cuidado, para que terminasse poucos anos antes de aterrissar na Terra em 1928, ou próximo disso.

— Ele nunca se esquecerá daquele despertar. Lembrem-se que, antes daquele sono de milhares de anos, ele vivera inúmeras eras terrestres entre os horrendos assombros alienígenas de Yaddith. Então, quando sentiu uma perturbadora onda de frio, os sonhos ameaçadores cessaram, e num sobressalto ele espiou pelo buraco no envoltório. Estrelas, aglomerados estelares e nebulosas por todos os lados — até que finalmente notou traços semelhantes às constelações que conhecera na Terra.

— Algum dia, sua descida ao Sistema Solar será muito conhecida. Ele viu Kynath e Yuggoth na borda, passou por Netuno e vislumbrou os infernais fungos esbranquiçados que lhe mancham a superfície, descobriu um segredo inexprimível ao se aproximar das névoas de Júpiter, além do horror avistado num de seus satélites, e fitou as ruínas monstruosas que se espalham pelo disco avermelhado de Marte. Quando finalmente se aproximava da Terra, viu-a como um estreito semicírculo que crescia de maneira estarrecedora. Diminuiu a velocidade, embora a saudade de casa o fizesse querer voltar o mais rápido possível. Enfim, nem me atrevo a descrever as intangíveis sensações que Carter me relatou.

— Bom, por fim Carter teve que aguardar na última camada atmosférica até que a luz do sol alcançasse o hemisfério ocidental. Queria aterrissar no mesmo lugar de onde partira: perto do Covil das Cobras, nas colinas detrás de Arkham. Se os senhores já passaram um longo período longe de casa, e sei que algum de vocês já passou, conseguem imaginar como Carter deve ter se comovido com a vista da Nova Inglaterra, das colinas onduladas e grandes ulmeiros, das macieiras retorcidas nos pomares e antigas muralhas de pedra.

    Tão logo amanheceu, pousou no prado abaixo da antiga propriedade dos Carter e se sentiu grato pelo silêncio e pela solidão. Estavam no outono, como quando partira, e o aroma das colinas era bálsamo para a alma. Ainda que Carter tenha conseguido arrastar o envoltório de metal pela ladeira do bosque até o Covil das Cobras, foi impossível passá-lo pela fissura de acesso à última gruta. Também ali na caverna, encobriu o corpo alienígena com o traje humano e a máscara de cera. Por mais de um ano, o envoltório ficou na caverna, até que determinadas circunstâncias tornaram um novo esconderijo necessário.

    Seguiu a pé para Arkham, o que sem querer acabou contribuindo para que praticasse o meneio do corpo na postura humana e se acostumasse com a gravidade da Terra, e então trocou o ouro por dinheiro num banco. Também pediu algumas informações, passando-se por estrangeiro que não sabia muito inglês, e descobriu que estavam em 1930, apenas dois anos depois do objetivo.

    Mas é claro, ainda se encontrava numa situação deplorável. Sem poder comprovar a identidade, forçado a viver em constante estado de alerta, com certas dificuldades para se alimentar e fazendo uso da droga que mantinha a faceta de Zkauba dormente, Carter sentiu que precisava agir o mais rápido possível. À vista disso, decidiu ir a Boston e alugar um quarto no decadente bairro de West End, onde poderia viver discretamente e sem grandes gastos. Tão logo se instalou na cidade, pôs-se a procurar informações a respeito da propriedade e dos bens de Randolph Carter. Só então descobriu quão ávido para dividir os bens estava o senhor Aspinwall, aqui presente, e como os senhores Marigny e Phillips se empenharam com valentia para mantê-los intactos.

    O indiano fez uma reverência, ainda que nenhuma expressão se manifestasse no semblante moreno e tranquilo por trás da espessa barba.

— De maneira indireta — prosseguiu — Carter conseguiu uma boa cópia do pergaminho perdido e começou a decifrá-lo. Alegra-me dizer que o ajudei em tudo isso, pois Carter recorrera bem cedo a mim, e logo mediei seu contato com místicos do mundo todo. Fui viver com ele em Boston, num casebre na rua Chambers. Quanto ao pergaminho, faço questão de responder as dúvidas do senhor Marigny. Permita-me dizer que os hieróglifos não estão escritos em naacal, e sim em r'lyehian, uma língua trazida à Terra pelos descendentes de Cthulhu há centenas de eras. Na verdade, trata-se da tradução de um texto redigido na língua primitiva de tsath-yo, em Hiperbórea, há milhões de anos.

— Decifrá-lo tem dado mais trabalho do que Carter imaginara, mas em momento algum desistiu. No começo deste ano, fez grandes avanços com a ajuda de um livro importado do Nepal, e não há dúvidas de que terminará em pouco tempo. Há alguns dias, um infeliz contratempo surgiu, pois a única droga capaz de adormecer a faceta alienígena de Zkauba acabou; o que, entretanto, não se tornou a grande calamidade que esperávamos, já que a personalidade de Carter vem dominando o corpo. A faceta de Zkauba só surge — por períodos cada vez mais curtos — quando alguma agitação anormal o evoca, e geralmente tem permanecido atordoada demais para desfazer qualquer trabalho de Carter. Tampouco consegue encontrar o envoltório de metal que a levaria de volta a Yaddith; embora uma vez quase o tenha feito, obrigando Carter a escondê-lo em outro lugar, numa ocasião em que a faceta de Zkauba certamente estava adormecida. Todo o mal que tem causado se limita a assustar algumas pessoas e provocar certos rumores sinistros entre os poloneses e lituanos do nosso bairro em Boston. Além disso, nunca chegou a arruinar o detalhado disfarce elaborado pela faceta de Carter, embora arremesse a máscara algumas vezes, demandando a manutenção de algumas partes. Já vi o que se encontra debaixo, e lhes garanto que não é nada agradável.

— Há um mês, Carter viu o anúncio desta reunião e soube que era preciso agir rápido para salvar seus bens. Não poderia esperar a solução do pergaminho, tampouco o retorno à forma humana. Em razão disso, incumbiu a mim a responsabilidade de representá-lo. Senhores, afirmo-lhes que Randolph Carter não está morto, apenas se encontra numa condição anômala que, dentro de dois ou três meses, será resolvida. Quando retomar sua legítima forma, garanto que se apresentará para exigir a guarda de seus bens. Estou disposto a lhes mostrar provas, se necessário. Portanto, suplico-lhes que suspendam esta reunião por período indefinido.

Capítulo 8

Marigny e Phillips fitavam o indiano como se hipnotizados, enquanto Aspinwall bufava impaciente. A essa altura, a repulsa do velho advogado irrompeu num acesso de fúria, e ele socou a mesa com o punho vermelho repleto de veias. Quando falou, parecia latir.

— Por mais quanto tempo terei que aguentar essas tolices? Já desperdicei uma hora ouvindo esse mentecapto, esse impostor, e agora ele tem a maldita audácia de dizer que Randolph Carter está vivo, de pedir que adiemos o acordo sem nenhum bom motivo! Por que não expulsa logo esse patife, Marigny? O senhor quer que sejamos vítimas de um idiota charlatão?

Com calma, Marigny ergueu a mão e falou num tom brando.

— Reflitamos com tranquilidade e ternura. Estamos diante de uma história muito singular, em que eu, como místico um tanto cético, identifico questões bastante possíveis. Além disso, desde 1930, tenho recebido cartas do Swami que coincidem com esse relato.

Assim que Marigny fez uma pausa, o velho senhor Phillips ousou prosseguir.

— Swami Chandraputra falou de provas. Eu reconheço muitos detalhes importantes nessa história, e, durante os dois últimos anos, também recebi diversas cartas do Swami que corroboram com sua narrativa; mas algumas dessas declarações são bastante extremas. O senhor teria consigo alguma prova palpável que possa nos mostrar?

Por fim, o Swami de semblante impassível respondeu, com a voz vagarosa e rouca, enquanto retirava algo do bolso do casaco folgado.

— Ainda que nenhum dos senhores jamais tenha visto a chave de prata em si, Marigny e Phillips a conhecem por fotografia. Isto lhes parece familiar?

Com a enorme mão metida numa luva branca, trêmulo de nervosismo, colocou sobre a mesa uma chave de prata pesada e corroída, de quase 12 centímetros e acabamentos exóticos, coberta de ponta a ponta com hieróglifos de traços bastante incomuns. Marigny e Phillips suspiraram juntos.

— É ela! — gritou Marigny. — A câmera fotográfica não mente. Não estou enganado!

Aspinwall, entretanto, já lançou uma resposta.

— Tolos! O que isso prova? Se é mesmo a chave que pertenceu ao meu primo, cabe a esse estrangeiro, esse maldito negro, explicar como a conseguiu! Randolph Carter desapareceu quatro anos atrás com essa chave. O que nos garante que não foi roubado e assassinado? Ele era meio louco, e mantinha contato com gente mais louca ainda! Escute aqui, seu negro, onde você pegou essa chave? Você matou Randolph Carter?

As feições do Swami se mantiveram numa placidez anormal, sem qualquer expressão; ainda que os profundos olhos, tão escuros e dilatados, ardessem perigosamente. Ele então balbuciou com grande dificuldade.

— Peço que se controle, senhor Aspinwall. Eu poderia lhes apresentar outra prova, mas acredito que lhes causaria impressões bastante desagradáveis. Sejamos sensatos. Aqui estão algumas notas evidentemente escritas a partir de 1930, com os inconfundíveis traços de Randolph Carter.

Meio desajeitado, retirou um envelope de dentro do casaco folgado e o entregou ao advogado exaltado, enquanto Marigny e Phillips observavam estáticos, tomados por pensamentos caóticos e um crescente espanto etéreo.

— Naturalmente, a caligrafia está quase ilegível, pois se lembrem de que as mãos desse Randolph Carter não são adequadas ao tipo de escrita humana.

Aspinwall passou os olhos nos papéis e ficou visivelmente perplexo, embora mantivesse a postura. Pairava na sala uma inefável atmosfera de tensão, agonia e receio; e o ritmo sobrenatural do relógio-caixão soava como um ruído diabólico nos ouvidos de Marigny e Phillips — ao contrário do advogado, que não se mostrava nem um pouco afetado pelo tiquetaquear.

Aspinwall então voltou a falar.

— Isso aqui não passa de uma falsificação habilidosa. Se não for, pode significar que Randolph Carter se encontra nas mãos de pessoas mal-intencionadas. Só nos resta uma saída: mandar esse impostor para a prisão. Marigny, o senhor liga para a polícia?

— Vamos esperar — respondeu o anfitrião. — Não creio que seja um caso de polícia. Aspinwall, esse cavalheiro é um místico de feitos genuínos. Ele diz que está aqui em nome de Randolph Carter. O senhor ficaria satisfeito se ele soubesse responder a certas perguntas que só poderiam ser respondidas por alguém que o representa? Conheço Carter e posso fazer essas perguntas. Deixe-me pegar um livro que nos servirá como um bom teste.

Dirigiu-se à biblioteca, e Phillips o seguiu por impulso, ainda desorientado. Aspinwall permaneceu onde estava, analisando de perto o indiano que o confrontava com uma anormal expressão impassível. De repente, enquanto o desajeitado Chandraputra guardava no bolso a chave de prata, o advogado soltou um grito gutural.

— Ai, meu Deus, agora entendo! Esse descarado está disfarçado. Não caio nesse papo de indiano vindo da Ásia. Esse rosto... não é um rosto, e sim uma máscara! Acho que essa história dele me fez pensar nisso, mas é verdade! Ele não tem expressão alguma, e o turbante e a barba ocultam as bordas. Esse sujeito não passa de um criminoso. Não é sequer estrangeiro! Estive analisando o linguajar estranho, e lhes garanto que é um típico ianque. E vejam essas luvas, ele sabe que pode ser descoberto pelas impressões digitais. Dane-se, vou arrancá-las!

— Pare! — a voz rouca e estranha de Swami irradiou um terror sobrenatural. — Eu já disse que poderia lhes apresentar outra prova, mas aviso que será pior mostrá-la. Esse velho rosado e intrometido tem razão, de fato não sou indiano. Este rosto é uma máscara, e o que ela cobre não é humano. Vocês dois também desconfiavam, percebi faz alguns minutos. Não seria nada agradável se eu tirasse a máscara. Deixe-me em paz, Ernest! E já passou da hora de admitir que sim, sou Randolph Carter.

Todos permaneceram imóveis. Aspinwall apenas bufou e se moveu por um momento. Do outro lado do salão, Marigny e Phillips observavam as expressões do semblante corado e analisavam as costas da figura de turbante que o confrontava. O tique-taque anormal do relógio seguia horripilante, enquanto a fumaça dos incensários e as cortinas esvoaçantes dançavam no ritmo da morte. O advogado, ainda meio paralisado, quebrou o silêncio.

— Não, você não é meu primo, seu bandido. E não pense que me apavora! Sei que tem interesses próprios para não tirar essa máscara. Talvez saibamos quem você é. Tire-a...

Quando se esticou para arrancá-la, o Swami agarrou a mão dele com um dos desajeitados membros enluvados, suscitando um grito de dor e espanto ao mesmo tempo. Marigny correu em direção aos dois, mas parou confuso assim que o grito de protesto do pseudoindiano se transformou numa espécie de chiado ou zumbido. O rosto corado de Aspinwall parecia furioso, e com a mão livre ele fez outra investida contra a espessa barba do adversário.

Dessa vez, conseguiu segurá-la e, com um puxão frenético, todo o semblante de cera se soltou do turbante e grudou no punho apoplético do advogado.

Ao fazê-lo, Aspinwall soltou um murmúrio aterrorizante; então Phillips e Marigny o viram tremer o rosto no mais animalesco, profundo e horripilante ataque de pânico que já viram numa feição humana. Nesse ínterim, o falso Swami soltara a outra mão e se levantava atordoado, emitindo uma série de ruídos agitados e estranhos. Em seguida, a figura de turbante se curvou numa posição nada humana e começou a se arrastar, curiosa e fascinada em direção ao relógio-caixão que tiquetaqueava naquele ritmo cósmico e sobrenatural. O rosto descoberto permanecia virado, de modo que Marigny e Phillips não conseguissem ver aquilo que o advogado revelara. De súbito, a atenção dos dois místicos foi atraída pelo velho Aspinwall, que desabara pesado no chão. O feitiço se desfizera — e quando o alcançaram, já estava morto.

Ao se virar para o falso indiano, que retornava rastejante, Marigny notou que a enorme luva branca caíra de um dos braços pendurados. Em meio à densa fumaça do olíbano, só conseguiu identificar o vulto de algo preto e comprido na mão descoberta; e antes que o crioulo se aproximasse da figura rastejante, o velho senhor Phillips o segurou pelo ombro.

— Não! — sussurrou. — Não sabemos o que vamos enfrentar. A outra faceta, você sabe... Zkauba, o bruxo de Yaddith...

O ser de turbante então alcançou o relógio sobrenatural e, apesar da espessa fumaça, os observadores conseguiram vislumbrar uma garra preta e atrapalhada tentando abrir a grande porta com hieróglifos. Por fim a tentativa provocou um estranho estalo, e o ser entrou na caixa em formato de caixão, fechando a porta atrás de si.

Marigny não conseguiu mais se conter e saiu correndo, mas quando abriu o relógio, já estava vazio. O insólito tique-taque continuou, simultâneo ao sombrio ritmo cósmico por trás de qualquer portal místico. No chão, a grande luva branca e o cadáver com a máscara barbada grudada à mão nada mais tinham a revelar.

Um ano se passou, mas nenhuma notícia de Randolph Carter surgiu nesse tempo. Seus bens ainda estão pendentes. O endereço em Boston, de onde um certo "Swami Chandraputra" enviara relatos a vários místicos entre 1930 e 1932, de fato estivera ocupado por um estranho indiano, mas ele partira um pouco antes do dia da reunião de New Orleans — e nunca mais fora visto. Descreviam-no com um senhor escuro, barbudo e sem expressão; e o senhorio da casa confirmou que se parecia muito com a máscara escura que lhe fora devidamente apresentada. Nunca suspeitaram, porém, que o indiano pudesse ter tido qualquer relação com os boatos sobre tenebrosas aparições que corriam entre os eslavos do bairro. Várias buscas foram realizadas nas colinas detrás de Arkham, mas não encontraram qualquer tipo de "envoltório de metal". No entanto, um atendente do First National Bank ainda hoje se lembra de um excêntrico senhor de turbante que havia trocado uma estranha barra de ouro por dinheiro em outubro de 1930.

Marigny e Phillips mal sabem o que pensar do caso. Afinal, o que fora realmente comprovado?

Havia um relato, uma chave, que poderia ter sido falsificada com base nas fotografias que Carter distribuíra em 1928, e papéis escritos — tudo muito inconclusivo. Havia também um estranho mascarado... Mas alguém com vida chegou a ver o que a máscara escondia? Em meio à tensão e fumaça do olíbano, aquele ato de desaparecer no relógio poderia ter sido uma dupla alucinação. Os hindus são grandes conhecedores da hipnose. Enquanto a razão dizia que o "Swami" não passava de um criminoso com planos de roubar os bens de Randolph Carter, a autópsia dizia que Aspinwall morrera de intenso choque. Teria sido apenas pela fúria? E alguns detalhes dessa história...

Num imenso salão, forrado de tapeçarias extravagantes e carregado de fumaça de olíbano, Etienne Laurent de Marigny costuma se sentar e ouvir com vaga sensação o ritmo sobrenatural do relógio em formato de caixão, repleto de hieróglifos.

O ALQUIMISTA

No alto, coroando o topo verdejante de uma vultuosa colina revestida de primitivas árvores retorcidas, encontra-se o antigo castelo de meus ancestrais. Há séculos, suas altivas ameias encaram o campo selvagem e rústico ao redor, servindo de lar e fortaleza para a imponente família cuja nobre linhagem é mais antiga do que o próprio limo envolto nas muralhas da mansão. Os antigos torreões, maculados pelas tempestades de gerações, degradados pela lenta e poderosa força do tempo, exibiam-se na era do feudalismo como uma das fortalezas mais temidas e gloriosas de toda a França. Dos parapeitos com balestreiros e das ameias armadas, barões, condes e até mesmo reis foram desafiados, ainda que os passos do inimigo nunca tenham ecoado em seus salões grandiosos.

Contudo, depois daqueles tempos gloriosos, tudo mudou. Uma pobreza um pouco acima da extrema miséria, somada à arrogância do nome que proíbe uma melhoria pelo ofício comercial, impediu que os descendentes de nossa linhagem mantivessem as posses em reluzente esplendor. Desde as rochas que despencam das muralhas até a densa vegetação que infesta os jardins, o fosso seco e empoeirado, os pátios mal pavimentados e as torres destroçadas, os pisos afundados, os lambris carcomidos e as tapeçarias desbotadas, tudo conta a infeliz história da grandeza arruinada. À medida que as gerações passavam, primeiro um, depois outro dos quatro torreões foram abandonados à ruína; até que apenas uma única torre passou a abrigar aqueles que, lamentavelmente reduzidos à pobreza, descendiam dos senhores que outrora foram os mais poderosos da região.

Foi em uma das vastas e sombrias câmaras desse torreão remanescente que eu, Antoine, o último dos infelizes e amaldiçoados condes de C..., vi pela primeira vez a luz do dia, há longos noventa anos. Do lado de dentro dessas paredes, cercado pelas florestas escuras e sombrias, ravinas isoladas e grutas da colina, passei os primeiros anos de minha conturbada vida. Meus pais, não cheguei a conhecer. Minha mãe morreu ao me dar à luz e, um mês antes do meu nascimento, meu pai morreu, aos 32 anos, atingido por uma pedra que, de algum modo, despencou de um dos parapeitos abandonados do castelo. Assim, meus cuidados e educação foram delegados ao único criado que restara, um velho homem decente, de inteligência considerável, cujo nome creio ser Pierre. Como eu era filho único, a falta de companhia que essa circunstância acarretava se intensificava pelos cuidados peculiares do idoso guardião, que me privava do convívio com os filhos dos camponeses habitantes dos prados no sopé da colina. Naquele tempo, Pierre me dizia que essa restrição me era imposta porque meu sangue nobre me colocava acima de qualquer relação com aqueles jovens plebeus. Hoje sei que o verdadeiro objetivo era impedir que chegassem aos meus ouvidos as frívolas lendas contadas aos sussurros pela simples plebe que, todas as noites, sob a luz do fogo em suas choupanas, exagerava os relatos sobre a maldição que desgraçou nossa linhagem.

Assim isolado, largado à minha própria companhia, passava as horas de minha infância debruçado sobre os livros ancestrais que abarrotavam a biblioteca assombrada do castelo; ou então, perambulava sem rumo pela eterna poeira da floresta fantasmagórica que se estendia da encosta ao sopé da colina. Talvez por influência desses ambientes, minha mente logo cedo tenha sido dominada por uma sombria melancolia. Qualquer estudo ou investigação que se envolvesse com as coisas obscuras e ocultas da natureza chamava a minha atenção.

Quanto à minha origem, permitiram-me aprender consideravelmente pouco — e o pouco que descobri me pareceu bastante deprimente. A princípio, a clara relutância do velho mentor em falar de meus antepassados motivou a aversão que sempre senti à simples menção da grandiosa família; porém, com o passar dos anos, comecei a juntar fragmentos desconexos de alguns discursos que Pierre, cada vez mais senil, deixava escapar de sua postura intransigente. Por fim, descobri que meu pavor tinha relação com determinada circunstância que eu sempre estranhara — e que acabou se tornando motivo de grande horror.

A circunstância a que me refiro é a tenra idade em que todos os condes de minha linhagem encontraram seu fim. Embora eu tivesse até então considerado esse fato apenas um atributo característico de uma família de homens de vida breve, mais tarde passei a refletir sobre essas mortes prematuras e comecei a conectá-las às divagações do velho, que frequentemente citava uma maldição que por séculos impedira que a vida dos detentores do meu título ultrapassasse os 32 anos. No meu aniversário de 21, o senil Pierre me entregou um documento de família que, segundo ele, fora passado de pai para filho por muitas gerações, e todo herdeiro deveria resguardá-lo. O conteúdo do manuscrito era da mais insólita natureza, e uma leitura cuidadosa confirmou a pior de minhas apreensões. Nessa época, minha crença no sobrenatural era firme e muito bem consolidada; do contrário, teria descartado com desdém a incrível narrativa que se desdobrava diante de mim.

O documento me transportou de volta ao século 13, quando o antigo castelo em que eu morava era uma fortaleza temida e inexpugnável. Contava a história de certo velho que vivera em nossas terras, um homem de não poucas habilidades, ainda que estivesse só um pouco acima da classe camponesa. Seu nome era Michel, mas designavam-no pelo sobrenome de Mauvais, o Maligno, por consequência da sinistra reputação. Estudava mais do que qualquer um de sua classe, buscando coisas como a pedra filosofal e o elixir da vida eterna, e passara a ser conhecido como grande mestre dos segredos da magia negra e da alquimia. Michel Mauvais tivera um único filho, o jovem Charles, tão habilidoso quanto o pai nas artes ocultas — e por isso passara a ser chamado de Le Sorcier, ou o Bruxo. Essa dupla, evitada por qualquer pessoa honesta, era suspeita das mais horrendas práticas. Dizem que o velho Michel queimara a própria esposa viva, como sacrifício ao Demônio, e os recentes desaparecimentos de crianças camponesas caíram nas costas dos dois. No entanto, em meio ao caráter obscuro do pai e do filho, um raio redentor de humanidade lampejava; já que o velho maligno amava o rebento com uma intensidade ferrenha, ao passo que o jovem tinha pelo progenitor uma afeição mais que filial.

Certa noite, o castelo no cume da colina foi invadido por uma descontrolada confusão após o desaparecimento do jovem Godfrey, filho de Henri, o conde. Um grupo de busca, comandado pelo desvairado pai, invadiu a choupana dos bruxos e atacou o velho Michel Mauvais, que se ocupava de um caldeirão em violenta ebulição. Sem nenhuma razão evidente, guiado pela loucura da fúria e do desespero descontrolado, o conde agarrou o caquético bruxo — e antes que abrisse as mãos homicidas, a vítima já havia partido. Nesse ínterim, os serviçais anunciavam exultantes a descoberta de Godfrey numa câmara distante e desocupada do grande castelo, revelando tarde demais que o pobre Michel fora morto em vão. Quando o conde e seus homens deixavam o humilde lar do alquimista, a figura de Charles Le Sorcier apareceu entre as árvores e o vozerio agitado dos servos lhe avisou do ocorrido. À primeira vista, pareceu impassível diante do trágico destino do pai, mas logo avançou a passos lentos em direção ao conde, proclamando num tom abafado e aterrorizante a maldição que eternamente perseguiria os condes de C...

— *Que nenhum nobre descendente dessa assassina linhagem alcance idade maior do que a sua!*

E saltando para trás repentinamente, na direção da floresta sombria, retirou da túnica um frasco com líquido incolor e o lançou no rosto do assassino do pai, enquanto desaparecia atrás da escura cortina da noite.

O HORROR DE DUNWICH

O conde morreu no mesmo instante, sem ao menos conseguir contestar, e foi sepultado no dia seguinte, a pouco mais de 32 anos depois de seu nascimento. Nenhum sinal do assassino foi encontrado, ainda que bandos de implacáveis camponeses tivessem vasculhado todas as florestas vizinhas e os campos ao redor da colina.

O tempo e a falta de quem recordasse o ocorrido acabou desbotando as lembranças da maldição na memória da família do conde. Assim, no dia em que Godfrey, inocente causador de toda a tragédia e posterior detentor do título, fora morto por uma flecha enquanto caçava aos 32 anos, não passou outra coisa pela cabeça das pessoas além do pesar por sua morte. Já quando o conde sucessor de Godfrey, o jovem Robert, fora encontrado morto anos depois, num campo da região sem qualquer causa aparente, os camponeses sussurraram que seu senhor havia apenas completado 32 antes de ser surpreendido pela morte precoce. Louis, filho de Robert, fora encontrado afogado no poço com a mesma idade fatal. E assim prosseguiu pelos séculos essa nefasta crônica: Henris, Roberts, Antoines e Armands, todos impedidos de uma vida alegre e virtuosa ao se aproximar da fatídica idade do infeliz ancestral.

Que me restavam apenas onze anos de vida estava claro para mim pelas palavras que lia. A minha vida, antes considerada de pouca valia, tornava-se cada vez mais valiosa à medida que me aprofundava nos mistérios do mundo oculto e da magia negra. Isolado como estava, a ciência moderna não me impressionava, e trabalhava como na Idade Média — tão envolvido quanto haviam estado o velho Michel e o jovem Charles na aquisição dos conhecimentos demonológicos e alquímicos. Por mais que lesse tudo ao meu alcance, não conseguia encontrar repostas para a estranha maldição lançada em minha linhagem. Em raros momentos de sensatez racional, procurava alguma explicação natural, atribuindo a morte precoce dos ancestrais ao sinistro Charles Le Sorcier e seus herdeiros; ainda assim, detalhadas investigações me mostraram que o alquimista não tivera qualquer descendente. Por fim, lancei-me de vez nos estudos do ocultismo, ainda muito empenhado na busca de um feitiço que libertasse minha família desse terrível fardo. De um único fato sempre tive certeza em minha vida: eu nunca me casaria, pois, sem a continuação de nossa linhagem, a maldição se encerraria em mim.

Quando eu me aproximava dos 30 anos, o velho Pierre foi chamado para as terras do além. Sozinho, enterrei-o sob as pedras do jardim por onde adorava perambular. Depois disso, entreguei-me ao pensamento de que era a única criatura humana dentro da grande fortaleza, e nessa profunda solidão, minha mente começou a abandonar os vãos protestos contra a morte eminente, reconciliando-me com a sina que muitos dos meus ancestrais haviam encarado. Grande parte dos meus dias passou a ser ocupada pelas explorações no antigo castelo, desde as salas abandonadas até as torres arruinadas das quais o medo juvenil me afastara — e como Pierre certa vez me alertara, havia mais de quatros séculos que nenhum ser humano sequer pisara em muitas delas. Excêntricos e impressionantes eram vários dos objetos que encontrei; e a mobília coberta pela poeira de séculos, desintegrada pela umidade, chamava a minha atenção. Teias de aranha em quantidades jamais vistas se espalhavam por toda parte, e enormes morcegos batiam as asas volumosas e assombrosas por todos os lados daquela vazia escuridão.

De minha idade exata, até mesmo dos dias e das horas, eu mantinha um minucioso registro — pois cada movimento pendular do grande relógio da biblioteca consumia um pedaço de minha condenada existência. Aos poucos, aproximava-me da tão temida hora. Como a maioria de meus ancestrais morrera um pouco antes da idade exata do conde Henri, eu passava os dias à espreita da chegada da morte desconhecida. Como a bizarra maldição me levaria, não fazia ideia, mas estava decidido de que ao menos não me encontraria como uma vítima covarde ou passiva. Com uma

O HORROR DE DUNWICH

dose de energia renovada, dediquei-me ao exame do antigo castelo e de tudo o que havia nele.

Foi numa das mais longas incursões de exploração da parte deserta do castelo, a menos de uma semana da hora fatal que estabeleceria o limite de minha passagem pela Terra — além da qual eu não nutria qualquer esperança de seguir respirando — que me deparei com o ponto culminante de toda a minha existência. Havia passado a melhor parte da manhã subindo e descendo as escadas arruinadas de um dos torreões mais destruídos; mas à medida que a tarde avançava, decidi investigar os andares mais baixos, descendo até o que parecia ser uma masmorra medieval ou um depósito de pólvora mais recente. Conforme atravessava o corredor incrustado de salitre, depois do último degrau da escada, o chão se tornava cada vez mais úmido. De repente, sob o clarão da tocha bruxuleante, esbarrei numa parede vazia, repleta de manchas de umidade, que parecia ser o fim da passagem. Impedido de prosseguir, estava prestes a regressar quando notei algo debaixo dos pés, e logo identifiquei o que seria a porta de um alçapão. Com certa dificuldade, consegui puxá-la pela argola, e uma sufocante nuvem de fumaça emanada por uma profunda escuridão fez a tocha oscilar. Sob a luz vacilante, um lance de escada de pedras se revelou.

Esperei até que a chama se mantivesse estável e controlada; e só então direcionei a tocha para dentro daquela profundeza repugnante e comecei a descer. Muitos degraus me levaram até uma estreita passagem com pavimento de pedras — e lá deduzi estar a uma profundidade absurda. Esse caminho acabou se mostrando bastante extenso, até que finalmente terminou numa porta de carvalho maciço, gotejante com a umidade do lugar e resistente a todas as minhas tentativas de abri-la. Quando enfim parei para descansar, dei alguns passos para trás e fui subitamente atingido por um dos mais profundos e enlouquecedores impactos que a mente humana é capaz de suportar. Sem qualquer prenúncio, ouvi as dobradiças enferrujadas daquela imensa porta rangendo enquanto lentamente se abria atrás de mim. É impossível descrever o que senti naquele instante. Num lugar tão deserto como eu considerava o castelo, ser confrontado com sinais da presença de um homem ou um espírito me provocou um dos mais tenebrosos pavores. Assim que finalmente me virei e encarei a origem do ruído, meus olhos devem ter saltado das órbitas diante daquilo que viam.

Ali, debaixo do antigo batente gótico, vislumbrei uma figura humana. Era a de um homem envolto num capuz, com uma imensa túnica medieval negra, cujos longos cabelos e a barba escorrida exibiam um preto intenso, com uma profusão espantosa. A testa da figura parecia muito maior do que o normal, as bochechas profundamente encovadas, delineadas por muitas rugas, e as mãos compridas, deformadas e retorcidas como garras, irradiavam uma brancura cadavérica e marmórea que eu nunca vira noutra pessoa. Somado a isso, também era franzino como um esqueleto, estranhamente arqueado e quase desaparecia em meio às volumosas dobras daquele traje peculiar. Entretanto, o mais estranho de tudo eram os olhos, aqueles fossos idênticos de escuridão abismal — profundos pela sabedoria, inumanos pela perversidade. Ambos se mantinham cravados em mim, perfurando minha alma com seu ódio e me imobilizando onde eu estava.

Passados alguns instantes, a figura se pôs a falar com uma voz gutural e um tom abafado, exalando uma maldade latente, horripilante. A língua com que elaborava seu discurso era aquele tipo de latim corrompido, utilizado pelos homens mais instruídos da Idade Média e familiar para mim graças aos estudos das obras dos velhos alquimistas e demonólogos. O ser então falou da praga que pairava sobre a minha família, citando meu fim iminente, e se prolongou na injustiça cometida pelo meu antepassado contra o velho Michel Mauvais enquanto exaltava a vingança de Charles Le Sorcier. Contou também como o jovem Charles tinha escapado na noite e retornado anos depois para matar o herdeiro com uma flecha, exatamente na época que Godfrey se aproximava da idade que tinha o pai quando fora assassinado; bem como revelou que

Charles havia retornado secretamente ao latifúndio da família e, sem que ninguém soubesse, se estabelecido numa câmara desabitada — cujo batente iluminava a figura do horrendo narrador diante de mim.

Em seguida, a figura prosseguiu contando como o jovem bruxo também assassinara Robert, filho de Godfrey, fazendo-o engolir veneno num campo afastado, onde o deixara agonizando aos 32 anos — e assim se manteve a sórdida promessa da maldição vingativa. A essa altura, comecei a vislumbrar a solução do maior mistério de todos: como a maldição vinha se cumprindo desde o tempo em que Charles Le Sorcier, seguindo o curso natural da vida, morrera. Essa compreensão somente se deu graças ao senhor à minha frente, que começara a discorrer sobre os profundos estudos alquímicos dos dois bruxos, pai e filho, fornecendo-me detalhes das buscas de Charles Le Sorcier pelo elixir que garantiria juventude e vida eterna a quem o bebesse.

Naquele instante, seu entusiasmo pareceu expulsar dos olhos a escuridão maligna que a princípio me apavorara; mas logo a expressão demoníaca retornou e, com um ruído perturbador como o silvo de uma serpente, ele levantou um frasco com a clara intenção de pôr fim à minha vida — bem como, seis séculos antes, Charles Le Sorcier findara a vida de meu ancestral. Impelido por algum instinto de autodefesa, venci o feitiço que me mantivera imobilizado e arremessei a tocha quase desvanecida na criatura que ameaçava minha existência. Ouvi o frasco se estilhaçar contra as pedras da passagem enquanto a túnica do homem se incendiava, iluminando aquela horrenda cena com um brilho aterrorizante. O grito de pavor e crueldade impotente do potencial assassino foi demais para os meus sentidos já abalados; e assim desmoronei no chão pegajoso, completamente desfalecido.

Quando finalmente recobrei os sentidos, tudo estava terrivelmente escuro. Lembrando-me do ocorrido, estremeci com a ideia de prosseguir com a investigação — embora a curiosidade estivesse me matando. Quem era aquele ser demoníaco e como conseguira passar pelas muralhas do castelo? Por que queria vingar a morte de Michel Mauvais? E como a maldição fora mantida por tantos séculos desde a morte de Charles Le Sorcier?

Senti o peso daquele antigo pavor se atenuando, pois concluí que o homem executado era a causa de todo o perigo da maldição. Finalmente eu estava livre. Extinguiu-se o interesse em descobrir mais sobre aquilo que, por séculos, assombrara minha linhagem e tornara minha própria juventude um longo e eterno pesadelo. Determinado a seguir com a exploração, tateei os bolsos em busca de uma pederneira e acendi a tocha reserva que carregava comigo.

Antes de tudo, a luz revelou a forma distorcida e enegrecida do misterioso estranho. Os olhos malignos estavam fechados. Repelido por aquela cena, afastei-me e entrei na câmara além da porta gótica. Ali encontrei o que se parecia muito com um laboratório de alquimista e, num dos cantos, avistei uma imensa pilha de metal amarelo que reluzia esplendorosa à luz da tocha. Devia ser ouro, mas não parei para analisar de perto, pois ainda estava estranhamente afetado por tudo que havia passado. Na extremidade mais afastada da sala, encontrei uma passagem que dava para uma das muitas ravinas formadas na encosta da floresta sombria e, apesar do enorme espanto, compreendi como o homem obtivera acesso ao castelo. Sem demora, preparei-me para voltar. Pretendia desviar o rosto ao passar pelos restos mortais do estranho, mas, assim que me aproximei, notei algum rumor vindo do corpo — como se a vida ainda não estivesse totalmente desvanecida. Horrorizado, virei-me para analisar a figura carbonizada e definhada no chão.

De repente, aqueles olhos aterrorizantes, mais negros do que a própria face queimada em que se assentavam, arregalaram-se com uma expressão indescritível. Os lábios rachados tentaram articular palavras que não pude compreender muito bem, mas em determinado momento identifiquei o nome de Charles Le Sorcier, e depois tive a impressão de ouvir as palavras "anos" e "maldição". Encontrava-me muito atordoado para depreender qualquer sentido das falas desconexas daquela boca retorcida.

Diante da minha evidente ignorância do que dizia, os olhos negros como piche lampejaram outra vez, lançando-me um olhar maligno. Naquele momento, estremeci ao notar quão impotente estava meu adversário.

Num sobressalto, o miserável, animado por uma última explosão de força, levantou a deplorável cabeça do solo úmido e deteriorado. Enquanto eu permanecia paralisado pelo medo, ele recobrou a voz e, apesar da respiração moribunda, gritou as palavras que passaram a continuamente assombrar meus dias e minhas noites.

— Tolo! — berrou. — Não consegue descobrir o meu segredo? Não é inteligente o bastante para reconhecer o empenho que, por seis longos séculos, cumpriu a terrível maldição lançada sobre a sua família? Não lhe falei do grande elixir da vida eterna? Ainda não sabe como o mistério da alquimia foi resolvido? Pois eu lhe digo: fui eu! Eu! Eu que vivi seiscentos anos para garantir minha vingança, pois sou Charles Le Sorcier!

O ASSOMBRADOR DAS TREVAS

(dedicado a Robert Bloch)

Avistei as entranhas do vasto universo
Onde vagos planetas deslizam ao léu
Onde orbita o horror desprezado
Incógnito, insólito, infiel

— Nêmesis

Investigadores cautelosos hesitarão em desafiar a crença popular de que Robert Blake foi morto por um raio ou algum choque grave causado por uma descarga elétrica. É verdade que a janela diante dele permaneceu intacta, mas a própria natureza já se mostrou capaz de diversos espetáculos excepcionais. A expressão do cadáver pode facilmente ter sido provocada por alguma causa muscular ainda desconhecida, sem qualquer relação com algo que tenha visto, e os registros do diário não passam de evidentes alucinações de uma imaginação fantasiosa, incentivada por superstições locais e certos fatos antigos que ele havia descoberto. Quanto às estranhas condições em que a deserta igreja da Colina Federal se encontrava, o astuto analista logo as atribuirá a algum tipo de charlatanismo, consciente ou inconsciente, em que Blake estava secretamente envolvido.

Isso porque, no fim das contas, a vítima era um escritor e pintor totalmente dedicado ao campo dos mitos, sonhos, terrores e superstições, ávido pela busca de eventos ou efeitos de natureza ímpar e fantasmagórica. A última vez que estivera na cidade — em visita a um excêntrico senhor entregue às crenças ocultas e proibidas como ele — havia terminado em morte e chamas; e só um mórbido instinto o faria voltar de sua casa em Milwaukee. Talvez Blake tivesse conhecimento das antigas lendas, ainda que os registros no diário nos provem o contrário, e assim sua morte teria cortado pela raiz alguma estupenda farsa destinada a se refletir na literatura.

Contudo, dentre os que de fato examinaram e compararam as evidências, vários buscaram embasamento em teorias menos racionais ou tradicionais. Esses investigadores são mais propensos a levar o diário de Blake ao pé da letra, atendo-se a certos fatos como a incontestável autenticidade do registro da antiga Igreja, a existência comprovada da repugnante e herege seita da Sabedoria Estelar antes de 1877, o desaparecimento documentado de um repórter investigativo, Edwin M. Lillibridge, em 1893 e, acima de tudo, a tenebrosa e transfigurada expressão de medo no cadáver do jovem escritor. Inclusive, foi um dos adeptos dessas teorias que, levado por um extremo fanatismo, arremessou na baía a pedra curiosamente angulada e a caixa de metal com adornos exóticos, ambas encontradas no antigo campanário da igreja — na sala de sinos escura e sem janelas, não na câmara da torre onde o diário de Blake afirma que estavam. Por mais que tenha sofrido condenações oficiais e extraoficiais, esse homem — um médico renomado e grande entusiasta de bizarras tradições — insiste em dizer que livrou a Terra de algo perigoso demais para aqui permanecer.

Entre essas duas correntes de pensamento, o leitor deve decidir por si mesmo. Os jornais publicaram os detalhes tangíveis a partir de um ponto de vista cético, deixando a cargo de outros a descrição da cena que Robert Blake viu — ou pensou ter visto — ou fingiu ter visto. Agora, estudando o diário com calma e atenção, sem interferência das emoções, vamos resumir a sombria cadeia de eventos do ponto de vista relatado pelo ator principal.

O jovem Blake retornou a Providence no inverno de 1934-1935 e alugou o segundo andar de uma respeitosa residência num beco relvado, perto da College Street — no topo de uma grandiosa colina da região leste, nas proximidades do campus da Universidade Brown e atrás da marmórea Biblioteca John Hay. O lugar era aconchegante e encantador, dentro de um pequeno oásis arborizado, como uma antiga vila em que gatos dóceis e gorduchos tomam sol no telhado de algum alpendre aconchegante. A casa quadrada, de estilo georgiano, tinha uma enorme claraboia, portas clássicas e entalhadas, janelas com pequenas vidraças e todos os acabamentos típicos do século 19. Do lado de dentro, encontrava-se portas amplas e coloniais, assoalho de tábuas longas, uma escada caracol, cornijas de lareiras brancas no estilo Adam e um conjunto de quartos nos fundos, três degraus abaixo do nível da casa.

Um dos lados do enorme aposento de Blake, no setor sudoeste da casa, dava para o jardim da frente; enquanto a janela a oeste, bem na frente da escrivaninha, proporcionava-lhe uma esplêndida vista do cume da colina, além dos telhados da parte baixa da cidade e dos místicos crepúsculos que reluziam por trás deles. No fim do horizonte, podia-se avistar as vastas ladeiras purpúreas da região rural; e contra elas, a uns três quilômetros de distância, erguia-se a espectral corcunda da Colina Federal, repleta de telhados e campanários cujos remotos contornos tremulavam numa atmosfera misteriosa, assumindo fantásticas formas enquanto os redemoinhos de fumaça da cidade os envolviam. Sempre que Blake fitava a janela, tinha a curiosa sensação de estar contemplando um mundo desconhecido, etéreo, que poderia se desmanchar como um sonho se tentasse procurá-lo e adentrá-lo.

Tendo mandado trazer de casa a maioria de seus livros, Blake comprou uma antiga mobília adequada aos novos aposentos e se acomodou para pintar e escrever — vivendo sozinho e cuidando dos próprios afazeres domésticos. O estúdio ficava a norte do sótão, onde as vidraças da claraboia enchiam o quarto de uma luz maravilhosa. Naquele primeiro inverno, escreveu cinco de seus mais conhecidos contos: "O escavador das profundezas", "Os degraus da cripta", "Shaggai", "No vale de Pnath" e "O anfitrião estelar". Além disso, pintou sete telas com estudos de indescritíveis monstros inumanos e paisagens profundamente extraterrestres.

Durante o pôr do sol, costumava se sentar à escrivaninha e admirar a paisagem que se estendia a oeste — as torres escuras da Mansão Hall logo abaixo, o campanário georgiano do fórum, os imensos telhados do centro da cidade e o cintilante morro coroado por pináculos, cujas ruas misteriosas e labirínticas tanto instigavam sua imaginação. Pelo pouco conhecimento que tinha da região, sabia apenas que na distante ladeira ficava um vasto bairro italiano — ainda que a maioria das casas fossem remanescentes da época dos ianques e irlandeses. De vez em quando, apontava o binóculo para aquele inalcançável mundo espectral detrás dos redemoinhos de fumaça e escolhia telhados, chaminés e campanários específicos, especulando sobre os mistérios curiosos e bizarros que poderiam abrigar. Mesmo com o auxílio das lentes, a Colina Federal lhe parecia meio exótica, fabulosa, conectada às maravilhas intangíveis e surreais de seus próprios quadros e histórias. Essa sensação persistia até depois de a colina desaparecer no crepúsculo violeta e as luzes da cidade surgirem como estrelas, com os refletores do fórum e o farol vermelho da Industrial Trust tornando a noite ainda mais grotesca.

De todas as remotas figuras na Colina Federal, uma gigantesca e sombria igreja era a que mais fascinava Blake. Destacava-se com distinção a certas horas do dia, sobretudo ao pôr do sol, quando a torre avantajada e o campanário pontiagudo pairavam negros contra o céu flamejante. Blake tinha a impressão de que ela jazia num terreno particularmente elevado, pois a encardida fachada, a lateral norte com teto inclinado e as pontas das enormes janelas se erguiam irreverentes sobre o emaranhado de chaminés e cumeeiras ao redor. Peculiarmente sinistra e austera, parecia uma construção de pedra, manchada e desgastada pela fumaça e as intempéries de um ou mais séculos. O projeto arquitetônico, pelo que o binóculo mostrava, parecia uma experimentação do reflorescimento gótico que antecedeu o grandioso período Upjohn e conservou alguns traços e proporções da era georgiana. Talvez tivesse sido fundada por volta de 1810 ou 1815.

À medida que os meses passavam, Blake observava a longínqua e ameaçadora estrutura com um estranho interesse, cada vez mais atraído por ela. Como as imensas janelas nunca estavam iluminadas, deduziu que só podia estar vazia; e, quanto mais a observava, mais sua imaginação viajava, até que começou a fantasiar situações curiosas. Blake acreditava que uma insólita e nebulosa áurea de melancolia pairava sobre o lugar, de modo que até mesmo os pombos e as andorinhas evitavam seus beirais enfumaçados. Em volta de outras torres e campanários, o binóculo revelava numerosos bandos de pássaros, mas ali eles nunca paravam — ou pelo menos foi isso que pensou e registrou no diário. Ele chegou a falar do lugar a vários colegas, mas nenhum deles estivera na Colina Federal, tampouco tinha ideia do que era ou havia sido aquela igreja.

Na primavera, uma profunda inquietude tomou conta de Blake. Ele tinha começado a trabalhar num projeto de longa data — sobre um suposto renascimento de rituais de bruxaria no Maine — mas se sentia estranhamente incapaz de avançar na escrita do romance. Passava cada vez mais tempo sentado à janela com vista para o oeste, contemplando a distante colina e o taciturno campanário desprezado pelos pássaros. O mundo se revestia de uma nova beleza com as delicadas folhinhas despontando nos galhos do jardim, porém a inquietude de Blake só crescia; até que surgiu o primeiro pensamento de cruzar a cidade, subir a fabulosa ladeira e adentrar aquele mundo onírico envolto em fumaça.

No fim de abril, pouco antes da imemorial e sombria Noite de Santa Valburga, Blake fez sua primeira viagem ao desconhecido. Arrastou-se pelas infinitas ruas do centro, cruzou tenebrosas praças em ruínas e finalmente alcançou a avenida íngreme de degraus desgastados pelos séculos, de varandas dóricas deterioradas e vidraças embaçadas, cujas cúpulas pareciam guiá-lo ao inalcançável e almejado mundo detrás das névoas. As encardidas placas de sinalização em azul e branco não faziam qualquer sentido para ele; e logo notou os semblantes suspeitos e escuros da multidão, além dos peculiares letreiros em língua estrangeira na entrada de algumas lojas amarronzadas e desgastadas pelo tempo. Não conseguiu identificar nenhum dos objetos que vira ao longe, e outra vez fantasiou que a Colina Federal daquela longínqua vista estava num mundo onírico, onde os pés de nenhum ser humano jamais haviam pisado em vida.

Às vezes Blake avistava alguma parte da fachada surrada ou dos deteriorados pináculos, mas nunca o monte enegrecido que tanto procurava. Quando perguntou a um comerciante sobre determinada igreja de pedra, o homem apenas sorriu e balançou a cabeça, embora falasse inglês fluentemente. Conforme subia, a região parecia cada vez mais bizarra, com labirínticas e misteriosas vielas que seguiam para sempre rumo ao sul. Atravessou duas ou três largas avenidas, e por um momento pensou ter vislumbrado uma torre familiar. Perguntou novamente, a outro mercador, sobre a gigantesca igreja de pedra, mas dessa vez podia jurar que a suposta ignorância havia sido apenas uma desculpa falaciosa. A expressão no semblante escuro do homem revelava um temor que ele tentava esconder, e Blake o viu fazendo um gesto curioso com a mão direita.

Passado um tempo, à esquerda, um pináculo negro de repente se destacou contra o céu nublado e sobre as fileiras de telhados amarronzados que revestiam o emaranhado de vielas ao sul. De imediato Blake soube o que era, então disparou naquela direção, seguindo por sórdidas estradas de terra que se ramificavam da avenida. Por duas vezes se perdeu, mas em nenhuma delas se atreveu a pedir informações às donas de casa ou aos patriarcas sentados nas soleiras das casas, tampouco às crianças que gritavam e brincavam na lama das ruelas sombrias.

Por fim, ele avistou a nítida torre a sudoeste, e uma titânica muralha de pedras surgiu enevoada no fim de uma viela. Parando numa praça aberta e varrida pelo vento, notou que paralelepípedos irregulares cobriam o solo e um alto muro de contenção se erguia na extremidade oposta. Ali a busca finalmente se encerrou, pois sobre o vasto planalto sustentado pelo muro, rodeado por uma cerca de ferro tomada pelo mato, um pequeno mundo à parte se elevava dois metros acima das outras ruas — lá estava a sinistra muralha colossal cuja identidade, apesar da nova perspectiva de Blake, era indiscutível.

A igreja desocupada se encontrava num avançado estágio de deterioração. Alguns dos grandes pilares de pedra haviam desmoronado, e muitos dos delicados acabamentos se perdiam em meio ao capim ressecado e o matagal abandonado. A maioria das janelas góticas cobertas de fuligem permaneciam intactas, ainda que vários mainéis estivessem faltando. Blake se perguntou como as vidraças opacas e pintadas perduraram em tão bom estado, tendo em vista o que os meninos de qualquer parte do mundo costumam fazer com construções abandonadas. Também intactas permaneciam as portas de madeira maciça, todas bem trancadas. Uma cerca enferrujada se estendia pelo muro, e seu portão, no último degrau da escada acima da praça, estava visivelmente trancado com cadeado. O caminho desse portão à igreja estava completamento forrado por um denso matagal e sobre ele a desolação e a ruína pairavam como uma cortina de fumaça. Nos beirais sem pássaros, nas paredes negras sem qualquer vestígio de heras, Blake sentiu um dúbio toque de mistério que extrapolava sua capacidade de definição.

Havia poucas pessoas na praça, mas ele logo encontrou um policial na extremidade norte e dele se aproximou, disposto a perguntar sobre a igreja. Tratava-se de um irlandês alto e robusto, e lhe pareceu muito suspeito que o homem apenas reagisse com um sinal da cruz e murmurasse que as pessoas nunca falavam daquela construção. Ao pressioná-lo por mais explicações, o policial disse às pressas que os padres italianos alertavam as pessoas sobre aquela igreja, jurando que um inimigo tenebroso havia tomado conta do lugar e deixado sua marca. Ele mesmo já ouvira cochichos sinistros vindos do próprio pai, que se lembrava de certas histórias e boatos dos tempos de infância.

Ali existira uma terrível seita em tempos remotos — um grupo criminoso que evocava coisas tenebrosas de um oculto abismo noturno. Tinha sido necessária a presença de um bom sacerdote para exorcizar o que surgira, embora alguns dissessem que a simples luz teria resolvido o problema. Se o padre O'Malley ainda estivesse vivo, poderia contar muita coisa, mas não havia mais nada a ser feito além de deixar isso de lado. Essa coisa não afetava mais ninguém, e quem a dominava já estava morto ou muito distante. Eles fugiram como ratos após as ameaças de 1877, quando o povo começou a notar que algumas pessoas da vizinhança estavam desaparecendo. Algum dia a cidade iria interferir e tomar a propriedade por falta de herdeiros, mas não seria nada bom alguém mexendo naquilo. O melhor seria deixar que os anos a derrubassem, para que ninguém perturbasse as coisas que deveriam permanecer para sempre na escuridão do abismo.

Depois que o policial foi embora, Blake permaneceu encarando o sombrio campanário. Estava bastante empolgado em saber que a atmosfera sinistra da construção não era somente coisa de sua cabeça, e se perguntava qual parte daquelas antigas histórias contadas pelo homem fardado seria de fato verdadeira. Provavelmente não passavam de simples lendas evocadas pela aparência maligna do local — mesmo assim, não deixavam de se parecer com suas próprias histórias, como se elas tivessem ganhado vida.

O sol da tarde saiu de trás das nuvens dispersas, mas parecia incapaz de iluminar as paredes manchadas e escurecidas do antigo templo erguido no platô particular. Também era estranho como o verde da primavera sequer se aproximava do matagal seco e amarronzado do lado de dentro da cerca de ferro. Blake se aproximou do pátio elevado num impulso repentino, examinando o muro de contenção e a grade enferrujada em busca de possíveis alternativas de ingresso. Havia naquele santuário uma tenebrosa tentação que parecia impossível de se resistir. Perto dos degraus, não encontrou qualquer abertura na cerca, mas notou que faltavam algumas barras de ferro na lateral norte. Poderia subir a escada e andar pelo muro estreito fora da cerca até alcançar o buraco; e se as pessoas tanto temiam o lugar, não sofreria qualquer intervenção.

Antes que alguém o notasse, já estava em cima da barragem, quase atravessando a cerca. Ao olhar para baixo, reparou que as poucas pessoas na praça se afastavam lentamente, fazendo o mesmo gesto que o mercador da avenida fizera com a mão direita. Várias janelas foram fechadas com violência, enquanto uma senhora gorda corria para a rua e arrastava algumas criancinhas para dentro de um casebre sem pintura. Passar pelo buraco foi tarefa fácil, e logo Blake se viu caminhando no pátio abandonado, em meio aos emaranhados de matagal apodrecido. Alguns pedaços de lápides corroídas surgiam aqui e ali, anunciando-lhe que outrora houvera sepulturas naquele terreno — mas isso, logo pensou, devia ter sido muito tempo antes. Estando mais próximo da igreja, o mero tamanho da estrutura parecia sufocá-lo, mas ele logo dominou as emoções e se aproximou da fachada com o intuito de abrir alguma das três portas principais. Como todas estavam muito bem trancadas, começou a rodear o edifício ciclópico à procura de alguma passagem mais estreita e transponível. Nem mesmo nesse instante Blake estava totalmente certo de que desejava entrar naquele refúgio de abandono e escuridão — mas os mistérios do lugar insistiam em atraí-lo e arrastá-lo de maneira involuntária.

Uma janela do porão, escancarada e sem barreiras nos fundos da igreja, forneceu-lhe a brecha necessária. Espiando o lado de dentro, Blake se deparou com um abismo subterrâneo de teias de aranha e poeira, vagamente iluminado pelos raios do sol poente. Destroços, barris antigos, caixas rasgadas e móveis de vários tamanhos surgiram aos seus olhos, embora tudo estivesse encoberto por um véu de pó que suavizava os contornos definidos. Os restos enferrujados de um enorme calefator também faziam parte da cena, mostrando que o prédio fora usado e conservado até meados da era vitoriana.

Agindo quase inconscientemente, Blake passou pela janela rastejando e se pendurou até alcançar o chão de concreto forrado de poeira e entulho. O porão de teto abobadado era bastante amplo, sem divisórias, e no canto mais afastado à direita, em meio a densas sombras, viu um corredor arqueado que parecia levar ao andar de cima. Ainda que uma agonia atípica o sufocasse por realmente estar dentro da construção espectral, Blake conseguiu se controlar enquanto vasculhava o local com bastante atenção — e foi assim que encontrou um barril intacto no meio da sujeira e o rolou para baixo da janela aberta, a fim de garantir sua saída de lá. Então tomou coragem e atravessou o vasto espaço adornado por teias de aranha, seguindo em direção ao corredor arqueado.

Era quase impossível respirar com toda aquela poeira onipresente, mas ele alcançou a escada e, coberto de teias de aranha fantasmagóricas, subiu os degraus corroídos que surgiam na escuridão. Como não tinha nenhuma lanterna consigo, tateava as paredes com muito cuidado e, passando uma curva acentuada, sentiu uma porta fechada logo à frente. Uma rápida apalpadela revelou uma tranca envelhecida e, com um simples empurrão, conseguiu abri-la. Por trás da porta, avistou um corredor parcialmente iluminado e revestido de painéis de madeira carcomida.

Chegando ao piso térreo, Blake deu início a uma investigação apressada. Todas as portas internas estavam destrancadas, então pôde transitar de sala em sala livremente. A nave da igreja era colossal e um tanto sinistra, com montes de poeira acumulados nos bancos e no altar, uma ampulheta abandonada no púlpito, uma gigantesca concha acústica e titânicas teias de aranha estiradas entre os arcos pontiagudos da galeria e emaranhadas nas colunas góticas. Sob toda essa quietude melancólica, uma terrível luz plúmbea se dispersava à medida que os raios do sol poente atravessavam os vidros peculiares e enegrecidos das enormes janelas arqueadas.

As figuras pintadas nos vitrais estavam tão apagadas pela fuligem que Blake mal conseguia compreender o que representavam — e a pequena parcela visível não lhe agradou nem um pouco. Grande parte dos desenhos era bastante convencional, e o conhecimento do simbolismo oculto lhe ajudou a identificar muito dos padrões ancestrais. As expressões dos poucos santos retratados eram claramente passíveis de crítica, ao passo que outra vidraça parecia revelar um mero espaço escuro, com espirais de curiosa luminosidade dispersa ao redor. Deixando os vitrais um pouco de lado, ele notou que a cruz coberta de teias no altar não era de um tipo comum, ela se assemelhava a uma *ankh* original ou à cruz ansata do Egito oculto.

Numa sacristia nos fundos da igreja, ao lado da abside, Blake achou uma escrivaninha apodrecida e prateleiras que subiam até o teto, abarrotadas de livros bolorentos e despedaçados. Foi ali que, pela primeira vez, sentiu um verdadeiro choque de horror, pois os títulos daqueles livros revelavam muitas coisas. Tratava-se de obras sombrias e ocultas que a maioria das pessoas sensatas jamais conhecerá — ou das quais só ouve falar por sussurros furtivos e temerosos. Enciclopédias banidas e temidas, repletas de segredos obscuros e feitiços imemoriais que navegam o rio da eternidade desde os primórdios do homem e os dias míticos anteriores à existência humana. Ele mesmo havia lido muitos deles: uma versão latina do abominável *Necronomicon*, o sinistro *Liber Ivonis*, o infame *Cultes des Goules*, do Conde d'Erlette, o *Unaussprechlichen Kulten*, de Von Junzt, e o infernal *De Vermis Mysteriis*, do velho Ludvig Prinn. Também havia outros que ele somente conhecia pela fama, ou nem mesmo conhecia, como os *Manuscritos Pnakóticos*, o *Livro de Dzyan* e um volume caindo aos pedaços, escrito de cabo a rabo em caracteres desconhecidos — por mais que determinados símbolos e diagramas fossem assustadoramente familiares ao ocultista. Já ficava claro que os persistentes boatos locais não espalhavam mentiras. Aquele lugar certamente fora a sede de um mal mais antigo do que a humanidade, maior do que o universo conhecido.

Na escrivaninha destruída, Blake encontrou um pequeno livro de registros encadernado de couro e repleto de estranhas anotações criptografadas. A escrita manuscrita apresentava símbolos tradicionais utilizados hoje na astronomia e que outrora fizeram parte da alquimia, da astrologia e de outras áreas suspeitas — como emblemas do sol, da lua, dos planetas, das constelações e dos signos do zodíaco. No caso em questão, esses desenhos apareciam aos montes no texto, e as divisões em parágrafos sugeriam que cada símbolo correspondia a alguma letra do alfabeto. Na esperança de resolver o criptograma numa ocasião posterior, ele guardou o volume no bolso do casaco; e como muitos dos imensos exemplares das prateleiras o fascinaram de modo inexplicável, ficou tentado a pegá-los emprestados numa ocasião futura. Blake se perguntava como haviam permanecido intactos por tanto tempo. Teria sido ele o primeiro a dominar o poderoso e penetrante terror que, por quase 60 anos, afastara qualquer visitante daquela construção abandonada?

Depois de explorar todo o andar térreo, Blake seguiu em frente, abrindo caminho em meio à poeira da nave fantasmagórica até o vestíbulo frontal, onde vira uma porta e uma escada que deveriam levar à torre enegrecida e ao campanário — locais que por muito tempo lhe foram familiares a distância. A subida foi uma experiência sufocante, pois uma densa nuvem de poeira flutuava pelo ar enquanto a obra-prima das aranhas parecia constringir ainda mais os elevados e estreitos degraus da escada caracol de madeira. De vez em quando, Blake passava por alguma janela nebulosa e aproveitava para espiar a vertiginosa vista da cidade. Por mais que não tivesse encontrado nenhuma corda no andar de baixo, esperava achar algum sino, ou porventura um conjunto de sinos, na torre cujas estreitas aberturas ogivais haviam sido tão analisadas pelos binóculos. Essa expectativa de Blake, porém, estava fadada à decepção, pois, no topo da escada, ele se deparou com uma câmara sem qualquer sino, claramente destinada a propósitos bem distintos.

A sala de quase cinco metros quadrados recebia a suave iluminação de quatro janelas ogivais, uma de cada lado, cobertas por persianas de madeira corroída que, por sua vez, haviam sido tapadas por telas firmes e opacas, já bastante deterioradas. No centro do piso revestido de poeira, erguia-se um pilar de pedra curiosamente angulado, com cerca de noventa centímetros de altura e sessenta de diâmetro, repleto de hieróglifos bizarros e grosseiros, totalmente irreconhecíveis. Sobre esse pilar, uma caixa de metal peculiarmente assimétrica repousava com a tampa articulada escancarada, guardando o que, sob o pó de décadas, parecia ser um objeto oval ou uma esfera irregular de dez centímetros de diâmetro. Ao redor do pilar, sete cadeiras góticas de alto espaldar estavam arranjadas num círculo assimétrico, praticamente intactas; e atrás delas, estavam dispostas nos painéis de madeira escura sete esculturas colossais de gesso enegrecido e desgastado — que em muito se assemelhavam aos megálitos enigmáticos esculpidos na misteriosa Ilha de Páscoa. Num dos cantos da câmara velada por teias de aranha, uma escada na parede dava acesso ao alçapão do campanário logo acima, onde não havia sequer uma janela.

À medida que foi se acostumando à luz fraca, Blake notou estranhas gravuras em baixo-relevo na insólita caixa de metal amarelado. Aproximando-se dela, removeu a poeira com as mãos e um lenço; só então reparou como as figuras eram horrendas, desconhecidas, e representavam entidades que, embora parecessem vivas, não se pareciam com nenhuma forma de vida que tivesse evoluído neste planeta. Além disso, o que antes aparentava ser uma esfera de dez centímetros acabou se revelando um poliedro quase preto, com estrias vermelhas e várias superfícies planas e irregulares. Das duas, uma: ou se tratava de algum tipo de cristal extraordinário, ou um objeto artificial de minério muito bem esculpido e polido. Ele não tocava o fundo da caixa, pois permanecia suspenso por um anel metálico ao redor do centro, com sete suportes peculiares estendidos na horizontal até as laterais internas da caixa, próximo ao topo. Uma vez exposta, essa pedra despertou um fascínio quase alarmante em Blake. Ele mal conseguia desgrudar os olhos dela, e enquanto admirava as superfícies cintilantes, quase fantasiou que era transparente, contendo em si esboços de maravilhosos mundos. Imagens de esferas alienígenas com enormes torres de pedra flutuavam em sua mente; assim como surgiam globos com montanhas titânicas, sem nenhum vestígio de vida e outros ambientes ainda mais remotos, onde apenas um ligeiro movimento no vazio da escuridão denunciava a presença de consciência e desejo.

Quando ele desviou o olhar, foi apenas para observar um curioso montinho de poeira acumulado perto da escada do campanário. Por que aquilo lhe chamava a atenção, não sabia dizer, mas algo nos contornos enviava uma mensagem ao seu inconsciente. Abrindo caminho em meio às teias penduradas, Blake já se dirigia a ele quando identificou algo de nefasto naquilo. A mão e o lenço logo lhe revelaram a verdade, e Blake suspirou numa confusa mistura de sentimentos. Tratava-se de um esqueleto humano, e devia fazer muitos anos que estava ali. As roupas se encontravam despedaçadas, mas alguns botões e fragmentos de tecido evidenciavam o terno cinza de um homem. Havia outras pequenas evidências, como os sapatos, uma fivela de metal, enormes abotoaduras, um obsoleto alfinete de gravata, um crachá de repórter do antigo *Providence Telegram* e uma carteira de couro em estado de decomposição. Esta última Blake examinou com muito cuidado, e descobriu várias cédulas ultrapassadas, um calendário de celuloide com anúncios de 1893, alguns cartões com o nome de Edwin M. Lillibridge e um papel cheio de anotações a lápis dentro dela.

Como o pedaço de papel tinha um cunho meio enigmático, Blake o leu com atenção sob a fraca luz da janela a oeste. O texto desconexo incluía frases como:

"Prof. Enoch Bowen volta do Egito em maio 1844 — compra a antiga Igreja Batista em julho — conhecido pelo trabalho arqueológico e estudos do ocultismo."

"Doutor Drowne da 4ª Batista alerta sobre a Sabedoria Estelar no sermão de 29 dez. 1844."

"Congregação 97 no fim de 1845."

"1846 — 3 desaparecimentos — primeira menção ao Trapezoedro Reluzente."

"7 desaparecimentos em 1848 — início das histórias sobre sacrifício de sangue."

"Investigação de 1853 não dá em nada — boatos de ruídos."

"Padre O'Malley fala de cultos satânicos com a caixa resgatada nas descomunais ruínas egípcias — diz que evocam alguma coisa que não resiste à luz. Foge com um lampejo e é banido com luz forte. Então deve ser evocado outra vez. Provavelmente descobriu isso com a confissão no leito de morte de Francis X. Feeney, que havia ingressado na Sabedoria Estelar em 1849. Essas pessoas dizem que o Trapezoedro Reluzente lhes mostra o céu e outros mundos, enquanto o Assombrador das Trevas lhes revela segredos de alguma maneira."

"História de Orrin B. Eddy em 1857. Eles o evocam encarando o cristal, e têm uma língua secreta só deles."

"200 ou mais na congregação em 1863, sem contar os líderes."

"Garotos irlandeses atacam a igreja em 1869, depois do desaparecimento de Patrick Regan."

"Artigo velado no J. em 14 março 1872, mas ninguém fala disso."

"6 desaparecimentos em 1876 — um comitê secreto recorre ao prefeito Doyle."

"Ação judicial iniciada em fevereiro de 1877 — igreja fecha em abril."

"Gangue — Garotos da Colina Federal — ameaça o doutor e os sacristãos em maio."

"181 pessoas deixam a cidade antes de 1877 — nenhum nome citado."

"Histórias de fantasmas começam por volta de 1880 — tentativa de checagem do relato de que ninguém entra na igreja desde 1877."

"Pedir a Lanigan fotografia do lugar tirada em 1851."

Devolvendo o papel à carteira e a guardando no próprio bolso, Blake voltou a observar o esqueleto no chão empoeirado. As insinuações nas notas eram claras; sem dúvida aquele homem fora à construção abandonada 42 anos antes em busca de um furo jornalístico que ninguém tivera coragem suficiente para investigar. Talvez mais ninguém soubesse do plano — quem poderia dizer? Mas é fato que ele nunca voltara à redação. Teria o medo, reprimido pela coragem, crescido a ponto de dominá-lo e lhe provocar um repentino ataque cardíaco? Blake se curvou sobre a ossada cintilante e notou o estado peculiar em que se encontrava.

Alguns dos ossos estavam bem espalhados, enquanto outros pareciam estranhamente dissolvidos nas extremidades. Alguns também apresentavam um amarelado incomum, indicando vestígios de queimadura que se estendiam a certos fragmentos de roupa. O crânio estava em um estado ainda mais peculiar, com manchas amareladas e um buraco carbonizado no topo, como se algum ácido potente tivesse corroído o osso sólido. O que acontecera com o esqueleto ao longo das quatro décadas de silencioso sepultamento naquele lugar Blake não conseguia imaginar.

Sem nem se dar conta, já estava encarando a pedra outra vez, deixando sua poderosa influência evocar uma fantasia nebulosa em sua mente. Nela viu procissões de figuras encapuzadas, envoltas em túnicas cujos contornos não remetiam a traços humanos, e avistou infinitas léguas de um deserto forrado de obeliscos esculpidos, tão altos que tocavam o céu. Viu torres e muros nas profundezas sombrias do mar, além de vórtices no espaço, onde nuvens de bruma negra flutuavam entre lampejos de uma névoa fria e púrpura. Acima de tudo, vislumbrou um infinito abismo de trevas, em que formas sólidas e semissólidas se revelavam por agitações tempestuosas enquanto forças nebulosas pareciam sobrepor a ordem ao caos, oferecendo respostas a todos os paradoxos e enigmas dos mundos que conhecemos.

De repente, o feitiço foi quebrado por um acesso de pânico corrosivo e indefinível. Blake se sentiu sufocado e desviou o olhar da pedra, certo de que havia alguma presença disforme e alienígena próxima a ele, observando-o com tenebrosa atenção. Sentiu-se preso a alguma coisa — algo que não estava na pedra, mas usava dela para observá-lo — algo que o seguiria sem cessar, com uma destreza independente da visão física. O lugar estava claramente tirando Blake do sério — como haveria de ser, em vista da abominável descoberta. Como a luz começava a minguar, e ele não tinha nenhuma lanterna consigo, sabia que deveria sair logo dali.

Na chegada do crepúsculo, imaginou ter visto um suave contorno luminoso na pedra angulada. Por mais que tentasse desviar o olhar dela, alguma compulsão obscura atraía seus olhos de volta. Será que havia uma sutil fosforescência radioativa naquela coisa? O que as anotações do morto diziam a respeito de um Trapezoedro Reluzente? Aliás, o que era aquele antro abandonado de maldade cósmica? O que fora feito ali e o que ainda poderia estar à espreita nas sombras evitadas pelos pássaros?

Blake tinha a impressão de que um toque de indefinível fedor emanava de algum lugar, embora não conseguisse determinar a origem. No instante seguinte, agarrou a tampa da caixa, que por tanto tempo permanecera aberta, e a empurrou num movimento brusco. As excêntricas dobradiças se moveram com facilidade, e a tampa se fechou sobre a pedra inconfundivelmente brilhante. Depois do abrupto estalo da trava, um ruído suave e alvoroçado pareceu ecoar da eterna escuridão do campanário, acima do alçapão. Decerto eram ratos — os únicos seres vivos que se manifestaram desde que entrara naquela torre amaldiçoada. No entanto, Blake ficou tão aterrorizado por aquele alvoroço que simplesmente disparou desenfreado, desceu a escada espiralada sem hesitar, atravessou a nave macabra até o porão abobadado e alcançou a praça deserta sob a luz do crepúsculo. A partir dali, seguiu descendo pelas vielas apinhadas e as avenidas assombradas da Colina Federal, rumo às ruas normais do centro, até finalmente avistar as familiares calçadas de pedra do bairro da faculdade.

Nos dias que se seguiram, Blake não relatou a expedição a ninguém. Em vez disso, leu muitos livros sobre o assunto, examinou décadas de jornais arquivados no centro da cidade e trabalhou sem descanso na resolução do criptograma do livro de couro — aquele que encontrara na sacristia abandonada. Assim como havia percebido desde o início, o código não era simples e, depois de um longo período de tentativas, ele concluiu que a língua cifrada não deveria ser inglês, latim, grego, francês, espanhol, italiano ou alemão. Evidentemente, teria que vasculhar seus mais recônditos saberes para chegar a uma solução.

Toda tarde, o antigo impulso de contemplar o oeste reaparecia, e Blake admirava o escuro campanário como outrora, observando os telhados emaranhados de um mundo distante e fabuloso. A paisagem, todavia, passou a ter um toque de terror a mais para ele, pois agora conhecia a herança de tradição demoníaca que ali se escondia — e diante desse conhecimento, sua visão divagava descontrolada, de um modo extraordinário e singular. Os pássaros da primavera estavam voltando, e enquanto contemplava os voos ao pôr do sol, presumia que o desolado e solitário pináculo estava sendo ainda mais evitado. Quando uma revoada se aproxima do campanário, ele pensou, as aves devem desviar e se espalhar em pânico total — até imaginava os gorjeios furiosos que não chegavam até ele devido aos vários quilômetros que os separavam.

No mês de junho, Blake registrou no diário a vitória sobre o criptograma. Ele tinha descoberto que o texto fora escrito em aklo, uma língua obscura utilizada em determinados cultos de maligna antiguidade — e que superficialmente conhecia graças a alguns estudos prévios. No diário, Blake foi bem sucinto no que diz respeito ao criptograma decifrado, mas era evidente como os resultados o haviam deixado aterrorizado e desconcertado. Por outro lado, há muitas referências a certo Assombrador das Trevas despertado pelo vislumbre do Trapezoedro Reluzente, além de insanas especulações sobre os abismos sombrios de onde viera. Dizem que esse ser detém todo o conhecimento e exige monstruosos sacrifícios. Alguns dos registros de Blake transparecem um medo de que a coisa, que ele parecia considerar evocada, pairasse por aí — embora acrescentasse que as luzes da rua constituem uma fortaleza que ela não pode ultrapassar.

Do Trapezoedro Reluzente, ele fala com frequência, chamando-o de "janela para todo tempo e espaço" e retomando a história do cristal desde os tempos em que fora concebido no sombrio Yuggoth, antes mesmo de ter sido trazido à Terra pelas Divindades Ancestrais. Segundo Blake, ele fora escondido e guardado na curiosa caixa pelos crinoides da Antártida, resgatado das ruínas pelos homens-serpentes de Valúsia e examinado eras depois, pelos primeiros seres humanos em Lemúria. Ele já havia cruzado terras estrangeiras e mares desconhecidos, e afundara com Atlântida antes que um pescador minoico o apanhasse em sua rede e o vendesse a mercadores de pele escura da assombrosa Letópolis. Ao redor dele, o faraó Nefrem-Ka construíra um templo com uma cripta sem janelas — o que fez com que seu nome fosse removido de todos os monumentos e registros. Por fim, o cristal repousou debaixo das ruínas daquele mesmo templo, que fora destruído pelos sacerdotes e pelo novo faraó, até que a pá do escavador mais uma vez o recuperasse para amaldiçoar a humanidade.

No começo de julho, os jornais estranhamente noticiaram os registros de Blake em cadernos especiais, mas o assunto foi tratado de forma tão sucinta e casual que apenas a leitura do diário em si conseguiu chamar a atenção de todos para suas contribuições. Parece que um novo pavor vinha crescendo na Colina Federal desde que um estranho entrara na temida igreja. Os italianos comentavam em sussurros o insólito alvoroço de batidas e arranhões no escuro campanário sem janelas, e recorreram aos sacerdotes para expulsar uma entidade que vinha assombrando os sonhos de alguns moradores. Relatavam que alguma coisa sempre ficava à espreita numa porta, observando se estava escuro o suficiente para se aventurar a sair. Alguns parágrafos dos jornais até mencionavam as antigas superstições locais, mas não lançavam muita luz sobre o contexto anterior ao horror. Ficou óbvio que os jovens repórteres de hoje não são antiquários. Escrevendo sobre essas coisas no diário, Blake não só expressa um curioso remorso, como também fala do dever de enterrar o Trapezoedro Reluzente e expulsar o que evocara ao deixar a luz do dia penetrar naquele terrível pináculo protuberante. Ao mesmo tempo, porém, ele demonstra a perigosa extensão de seu fascínio e admite um mórbido desejo — que até em sonho o perseguia — de voltar à torre amaldiçoada e admirar os segredos cósmicos da pedra cintilante outra vez.

Foi na manhã de 17 de julho que algo publicado no *Journal* lançou o redator do diário numa verdadeira febre de horror. Tratava-se apenas de mais uma sátira sobre a inquietude da Colina Federal, mas para Blake aquilo representava uma terrível notícia. Durante a noite, uma tempestade havia deixado o sistema de iluminação inativo por uma hora, e os italianos quase enlouqueceram de medo naquele intervalo de escuridão. Os que moravam perto da temida igreja juraram que a coisa no campanário se aproveitara da ausência de iluminação nas ruas para descer até a nave da igreja, cambaleando e esbarrando em tudo de uma maneira repugnante, totalmente pavorosa; até que finalmente subiu aos tropeços de volta à câmara da torre, de onde vieram ruídos de vidro sendo estilhaçado. Ela podia ir até onde a escuridão alcançava, mas a luz sempre a afugentava.

Quando a eletricidade voltou, ouviu-se um alvoroço chocante na torre, pois até o mais fraco raio de luz que atravessava a persiana de madeira empoeirada era demais para a coisa. A tempo de se preservar, rastejou vacilante até o tenebroso campanário — já que uma longa exposição à luz a teria enviado de volta ao abismo de onde o forasteiro maluco a evocara. Durante o apagão, uma multidão de fiéis havia se reunido para rezar em frente à igreja, com velas e lamparinas protegidas da chuva por guarda-chuvas ou papelões dobrados — uma fortaleza de luz para salvar a cidade do pesadelo que assombra nas trevas. Os que estiveram mais próximos da igreja declararam que, em determinado momento, chegaram a ouvir um terrível rangido na porta da frente.

Mas isso nem foi o pior. No *Bulletin* daquela noite, Blake leu o que os repórteres haviam descoberto. Finalmente atentos ao valor das notícias sensacionalistas que despertam medo, dois deles haviam desafiado a frenética multidão de italianos e rastejado para dentro da igreja através da janela do porão, após vãs tentativas de abrir as portas. Eles então identificaram um curioso rastro na poeira do vestíbulo e da nave espectral, além de pedaços do revestimento acetinado dos assentos e de almofadas deterioradas espalhados por toda parte. Um odor desagradável se espalhava pelo lugar, e aqui e ali havia pequenas manchas e marcas amareladas, muito parecidas com queimaduras. Abrindo a porta da torre e parando por um momento, com a suspeita de ter ouvido um rangido lá no alto, encontraram a sufocante escada caracol praticamente limpa e varrida.

A própria câmara da torre apresentava semelhante estado de limpeza parcial. Falava-se da pedra heptagonal, das cadeiras góticas derrubadas e das bizarras imagens de gesso; mas por algum estranho motivo, nem sequer mencionaram a caixa e o esqueleto mutilado. O que mais perturbou Blake — além das manchas, queimaduras e odores desagradáveis — foi um detalhe final que explicava o vidro estilhaçado. Todas as janelas ogivais da torre estavam quebradas, e duas delas haviam sido tapadas de maneira grosseira e apressada, preenchendo os vãos oblíquos das persianas com chumaços de crina de cavalo das almofadas e espuma dos assentos de cetim. Pelo chão recém-varrido, mais tufos de crina e retalhos de cetim se espalhavam, como se alguém tivesse sido interrompido enquanto tentava reestabelecer a profunda escuridão dos velhos tempos acortinados.

Manchas amareladas e sinais de queimadura também foram constatados na escada vertical que conduzia ao campanário sem janelas; mas quando um repórter subiu alguns degraus, abriu o alçapão e apontou o fraco feixe de luz da lanterna para dentro do cubículo escuro e fétido, não viu nada além de escuridão e uma pilha de fragmentos indefinidos ao lado da abertura. O veredito, naturalmente, foi charlatanismo. Alguém teria pregado uma peça nos moradores supersticiosos da colina, ou talvez algum fanático tivesse se esforçado para que sentissem ainda mais medo, para o suposto bem da cidade. Ou, quem sabe, alguns dos moradores mais jovens e sofisticados tivessem encenado uma farsa muito bem elaborada para as pessoas de fora. Houve, porém, uma consequência engraçada quando a polícia enviou um oficial para a verificação dos relatos: três homens deram sucessivas desculpas esfarrapadas para escapar da tarefa, e o quarto foi demasiado relutante, voltando logo depois sem acrescentar nada ao relato dos repórteres.

A partir desse ponto, o diário de Blake passa a desvelar uma crescente maré de horror traiçoeiro e nervosa apreensão. Ele constantemente se repreende por não tomar alguma atitude e especula todas as possíveis consequências de outra queda de energia. Verificou-se que, em três ocasiões — durante tempestades — ele telefonou para a companhia de energia feito um desvairado, demandando que tomassem medidas urgentes contra o corte de energia. De vez em quando, algumas anotações demonstram certa preocupação com o erro dos repórteres em não encontrar a caixa de metal, a pedra e o antigo esqueleto desfigurado quando estiveram na misteriosa câmara da torre. Ele supôs que essas coisas haviam sido removidas — para onde, por quem ou por que coisa era impossível saber. O maior medo de Blake, entretanto, estava dentro de si, no tipo de conexão profana que parecia existir entre sua mente e o horror oculto naquela torre distante — aquela coisa monstruosa que a atitude precipitada evocara das mais obscuras trevas. Ele sentia como se algo estivesse sempre interferindo em suas vontades, e quem o visitou nesse período ainda se recorda de como se sentava à escrivaninha absorto nos próprios pensamentos, encarando aquela longínqua colina detrás dos redemoinhos de fumaça da cidade. Para além disso, Blake também se prolonga em certos registros monótonos no diário, relatando sonhos tenebrosos que pareciam fortalecer sua conexão profana enquanto dormia. Desses relatos, destaco a menção de uma noite específica, quando acordou e se viu completamente vestido, na rua, caminhando de maneira involuntária até o College Hill, rumo ao oeste. Repetidas vezes ele também insiste no fato de que a coisa no campanário sabe onde achá-lo.

A semana seguinte ao dia 30 de julho é lembrada como a fase do colapso parcial de Blake. Nesse período, ele não se vestiu e pediu todas as refeições pelo telefone. Algumas visitas repararam nas cordas que mantinha ao lado da cama, e ele lhes explicou que o sonambulismo o forçava a se amarrar pelos tornozelos todas as noites, com nós que provavelmente o deteriam — ou no mínimo o acordariam com o trabalho de desfazê-los.

Encontra-se também no diário o relato da terrível experiência que despertara o colapso. Depois de se recolher na noite do dia 30, ele de repente acordou tateando a sua volta num espaço quase totalmente escuro. Só enxergava estreitos e débeis raios de luz azulada, mas conseguia sentir um péssimo odor e escutar intrigantes ruídos de movimentações suaves e discretas acima dele. A qualquer movimento, esbarrava em alguma coisa e, a cada barulho, surgia uma espécie de resposta sonora lá do alto — um vago rumor junto ao cauteloso deslizar de madeira na madeira. Num instante, as mãos curiosas encostaram num pilar de pedra com o topo vazio, e depois ele se viu agarrando os degraus de uma escada atada à parede e subindo atrapalhado o caminho incerto até um recinto ainda mais fétido, onde uma rajada ardente e escaldante o atingiu. Diante dele, uma caleidoscópica gama de imagens fantasmagóricas brincava e se dissolvia em intervalos regulares para dentro de um infinito abismo noturno, em que rodopiavam sóis e mundos de uma escuridão ainda mais profunda. Blake pensou nas antigas lendas do Extremo Caos em cujo centro se esparrama Azathoth, o deus cego e idiota, Senhor de Todas as Coisas, rodeado por sua fracassada horda de dançarinos amorfos e irracionais, embalado pela fraca e monótona melodia de uma flauta demoníaca manuseada por patas inomináveis.

Por fim, um nítido estrondo do mundo exterior findou sua letargia, despertando-o para o inexprimível horror em que se encontrava. O que fora aquilo ele nunca soube — talvez tivesse sido algum estouro atrasado dos fogos de artifício que se ouviam todo o verão na Colina Federal, quando os moradores celebravam os diversos santos patronos ou os santos dos vilarejos italianos de onde vieram. Em todo o caso, ele soltou um berro, despencou da escada e cambaleou pelo chão obstruído da câmara quase sem luz que o rodeava. No mesmo instante, Blake soube onde estava, e assim desceu em disparada a estreita escada caracol, tropeçando e se machucando a cada curva. Ao chegar ao piso térreo envolto em teias, enfrentou uma horripilante fuga pela grandiosa nave cujos arcos fantasmagóricos alcançavam reinos de maliciosas sombras, uma corrida às cegas num porão imundo, uma subida por regiões arejadas e iluminadas, uma insana descida por entre as apinhadas cumeeiras da colina, do outro lado da sinistra e silenciosa cidade de imensas torres negras, até alcançar o íngreme precipício a leste, coroado pela antiga porta de seus aposentos.

Ao recobrar a consciência na manhã seguinte, Blake se viu deitado no chão do estúdio, totalmente vestido, coberto de poeira e teia de aranha. Cada centímetro do corpo parecia dolorido e machucado. Quando encarou o espelho, notou que os fios de cabelo estavam meio chamuscados, e um estranho mau cheiro parecia ter impregnado o casaco. Nesse exato instante, a crise nervosa o abalou; então perambulou exausto pelo quarto, vestiu um robe e não fez nada além de contemplar a vista da janela oeste, estremecendo diante das ameaças de trovão e acrescentando desvairados registros no diário.

No dia 8 de agosto, a tempestade impetuosa irrompeu um pouco antes da meia-noite. Raios caíam amiúde em todas as partes da cidade, e há relatos de duas bolas de fogo extraordinárias. A chuva foi torrencial, e um constante tiroteio de trovões tirava o sono de milhares de pessoas. Blake estava completamente atordoado e, com receio de que o sistema de energia caísse, telefonou para a companhia por volta da uma da manhã — ainda que o sistema já tivesse sido temporariamente interrompido por questões de segurança. Tudo foi registrado no diário — naqueles enormes, aflitos e muitas vezes indecifráveis hieróglifos que contavam sua própria história, que expressavam o crescente delírio e o desespero nos registros rabiscados na escuridão.

A casa teve que ficar às escuras para que pudesse enxergar a vista pela janela, e Blake passou a maior parte do tempo sentado à escrivaninha, encarando a constelação de luzes da Colina Federal atrás da chuva e dos quilômetros de telhados molhados do centro da cidade. De vez em quando, acrescentava algumas anotações desconexas, de modo que frases soltas como "As luzes não podem se apagar", "Ele sabe onde estou", "Preciso destruí-lo" e "Ele está me chamando, mas talvez não queira machucar desta vez" ocupam duas das páginas.

De súbito, todas as luzes da cidade se apagaram. Segundo a usina de energia, isso aconteceu às 2h12, mas no diário de Blake não há qualquer menção ao horário. A nota apenas diz: "Luzes apagadas — que Deus me ajude". A Colina Federal estava cheia de vigilantes tão preocupados quanto ele, e grupos de homens encharcados marchavam pela praça e pelos becos nos arredores da igreja maligna, carregando velas protegidas pelos guarda-chuvas, lanternas elétricas, lamparinas a óleo, crucifixos e vários tipos de amuletos misteriosos, tradicionais no sul da Itália. Eles bendisseram cada relâmpago e gesticularam enigmáticos sinais temerosos com a mão direita quando os clarões da tempestade reduziram e, por fim, cessaram. Uma forte rajada de vento apagou grande parte das velas, e assim uma escuridão aterrorizante invadiu o local. Alguns foram acordar o padre Merluzzo, da Igreja do Espírito Santo, e ele foi correndo até a praça escura, com o intuito de proclamar algo que pudesse ajudar. Da presença de intrigantes e agitados ruídos na torre enegrecida não restava qualquer dúvida.

Sobre o que ocorreu às 2h35, temos o testemunho do padre, um jovem inteligente e bem instruído; do patrulheiro da Estação Central, William J. Monahan; de um oficial de alta confiabilidade, que dedicara aquele período da ronda para inspecionar a multidão; e da maioria dos 78 homens que se reuniram em volta do muro de contenção da igreja — especialmente daqueles que estavam na praça em que era possível ver a fachada leste. É claro que não há qualquer evidência que comprove a ação de alguma força sobrenatural. São muitas as causas possíveis de um evento como esse, e ninguém pode garantir com exatidão os obscuros processos químicos que se formam numa construção descomunal, antiga e mal arejada, repleta de objetos aleatórios e há séculos abandonada. Vapores mefíticos, combustão espontânea, pressão de gases liberados por longas decomposições — numa infinidade de fenômenos, qualquer um poderia ser responsável. Além disso, é claro, não se pode descartar a hipótese de um charlatanismo deliberado. O evento em si foi bem curto e durou menos de três minutos — durante os quais o padre Merluzzo, sempre apegado à exatidão, consultou o relógio repetidas vezes.

Tudo começou com um evidente aumento dos ruídos abafados e agitados no interior da torre negra. Houvera por um tempo uma vaga exalação de odores fétidos e incomuns — que logo se acentuaram, tornando-se bastante nocivos. Depois, finalmente se ouviu um som de madeira se partindo, e um imenso objeto pesado despencou no pátio sob a taciturna fachada leste. A torre parecia invisível diante das velas extintas, mas, à medida que o objeto se aproximava do chão, todos notaram que se tratava da persiana de madeira da janela leste, envolta em fumaça e fuligem. Em seguida, um fedor insuportável imediatamente jorrou do campanário oculto, sufocando e enojando os espectadores aterrorizados — e quem estava na praça quase caiu ao chão. Ao mesmo tempo, o ar estremeceu com a vibração de asas batendo, e uma repentina rajada no sentido leste, mais violenta do que nunca, arrastou chapéus e retorceu os guarda-chuvas da multidão. Sem a luz das velas, era impossível enxergar com nitidez; ainda que algumas testemunhas pensassem ter avistado uma intensa névoa escura se espalhar contra o céu noturno — algo semelhante a uma nuvem de fumaça disforme que disparava com a velocidade de um meteoro rumo ao leste.

E isso foi tudo. Os espectadores ficaram entorpecidos de medo, espanto e incômodo. Mal sabiam o que fazer, ou se realmente deviam fazer alguma coisa. Sem a mínima noção do que havia acontecido, não baixaram a guarda; e no momento seguinte, enquanto entoavam uma reza, o clarão de um raio abrupto e tardio, seguido por um estrondo ensurdecedor, rasgou os céus inundados. A chuva cessou dentro de meia hora e, quinze minutos depois, as luzes dos postes se acenderam outra vez, enviando os moradores exaustos, lamacentos e aliviados de volta para casa.

O HORROR DE DUNWICH

Os jornais do dia seguinte quase não tocaram nesse assunto, exceto pelas breves menções anexadas às notícias da tempestade. Parece que o intenso clarão e a ensurdecedora explosão decorrente do acontecimento na Colina Federal haviam sido mais fortes no extremo leste, onde uma rajada daquele bizarro fedor também foi relatada. O fenômeno, porém, foi ainda mais impactante no College Hill, onde o estouro acordou todos os habitantes e provocou uma série de especulações desorientadas. Dos que já estavam acordados apenas alguns enxergaram a anômala explosão de luz perto do topo da colina ou notaram a inexplicável corrente de ar que quase arrancou todas as folhas das árvores e as plantas dos jardins. Em razão disso, concluíram que o solitário e repentino raio devia ter caído em algum lugar desse último bairro — ainda que nenhum vestígio do abalo tivesse sido encontrado. Um jovem da fraternidade Tau Omega até pensou ter visto uma grotesca e horrenda nuvem de fumaça assim que o clarão surgiu, mas sua alegação não foi verificada. Há, portanto, dois pontos comuns entre os relatos das poucas testemunhas: a forte ventania vinda do oeste e o odor insuportável que antecedeu o relâmpago tardio — enquanto as provas a respeito do momentâneo cheiro de queimado subsequente ao estrondo são igualmente vagas.

Esses pontos foram discutidos com bastante cuidado, tendo em vista a provável conexão com a morte de Robert Blake. Na manhã do dia 9, os moradores da fraternidade Psi Delta — cujas janelas superiores davam para o estúdio de Blake — se depararam com um semblante pálido e confuso na janela oeste, e logo se indagaram sobre o que havia de errado naquela expressão. No fim da tarde, os estudantes tomaram um susto ao notar que o rosto permanecia na mesma posição, mas acharam por bem esperar até que as luzes do apartamento se acendessem. Ao cair da noite, decidiram tocar a campainha da casa às escuras, e finalmente chamaram a polícia para arrombar a porta.

O corpo se encontrava rígido, sentado à escrivaninha da janela; e no instante em que os bisbilhoteiros avistaram os olhos vidrados e saltados, os traços de horror cruel e convulsivo na face distorcida, desviaram o olhar com aflita repugnância. O médico-legista examinou o cadáver pouco tempo depois e, apesar da janela intacta, atestou como *causa mortis* um choque ou um ataque cardíaco causado por descarga elétrica. A terrível expressão foi completamente ignorada, pois ele alegou se tratar de uma resposta nada improvável ao profundo choque experienciado pelo sujeito de imaginação anormal e emoções desequilibradas — atributos que deduzira a partir dos livros, pinturas e manuscritos espalhados pelos aposentos, além dos rabiscos registrados às cegas no diário da escrivaninha. Até o fim Blake insistiu nas anotações frenéticas, e o lápis de ponta quebrada foi encontrado preso à mão direita, contraída por um último espasmo.

As notas tomadas após a queda de energia são desconexas e parcialmente legíveis. Com base nelas, alguns investigadores apresentaram conclusões que contradizem o veredito materialista e oficial — mesmo que esse tipo de hipótese tivesse pouca chance de aceitação entre os mais conservadores. A situação desses inventivos teóricos só piorou depois da atitude do supersticioso doutor Dexter, que arremessou a caixa enigmática e a pedra angulada — um objeto que seguramente se iluminava, como comprovado no campanário sem janelas onde fora localizado — no mais profundo canal da Baía de Narragansett. A Imaginação desenfreada e o desequilíbrio neurótico intrínsecos a Blake, agravados pelo conhecimento dos antigos cultos satânicos cujos vestígios alarmantes ele descobrira, teriam incitado a perspectiva predominante em suas últimas anotações frenéticas. Eis aqui os registros — ou tudo o que conseguimos depreender deles.

"Luzes ainda apagadas — já deve fazer uns cinco minutos. Tudo depende da iluminação.

Que Yaddith permita que ela continue! Alguma força parece pulsar através dela...

Chuva, trovão e ventania ensurdecem... A coisa está tomando conta de minha mente..."

"Problemas com memória. Vejo coisas que nunca vi. Outros mundos e galáxias... escuridão... o clarão parece escuro, a escuridão parece clara..."

"A colina e a igreja que vejo na escuridão das trevas não podem ser reais. Só pode ser alguma impressão ilusória causada pelos relâmpagos. Deus queira que os italianos continuem lá fora com suas velas se os raios cessarem."

"De que tenho medo? Ele não é o avatar de Nyarlathotep que na antiga e sombria Khem chegou a ter forma humana? Lembro-me de Yuggoth, o distante Shaggai e o extremo vácuo dos planetas escuros..."

"A longa jornada alada pelo vácuo... incapaz de atravessar o universo da luz... recriado pelos pensamentos capturados no Trapezoedro Reluzente... Enviá-lo pelos horrendos abismos de resplendor..."

"Meu nome é Blake — Robert Harrison Blake, da rua East Knapp, 620, Milwaukee, Wisconsin... Estou neste planeta..."

"Azathoth, tenha compaixão! Os relâmpagos cessaram — péssimo! — Consigo enxergar tudo com um sentido monstruoso que extrapola a visão — luz é escuridão, escuridão é luz... aquela gente na colina... vigilantes... suas velas e amuletos... seus sacerdotes..."

"A noção de distância se esvaiu — longe é perto, perto é longe. Nenhuma luz — nenhum vidro — vejo aquele campanário — a torre — janela — consigo ouvir — Roderick Usher — estou louco ou ficando louco — a coisa está alvoroçada e desesperada na torre — eu sou ela, ela sou eu — quero fugir... preciso escapar e unificar as forças... ela sabe onde me encontrar..."

"Sou Robert Blake, mas enxergo a torre no escuro. Sinto um cheiro tenebroso... os sentidos transfigurados... As tábuas da janela no cume da torre estalando e cedendo... Iä... Ngai... Ygg..."

"Consigo vê-la — vindo para cá — vento infernal — névoa titânica — asas negras — que Yog-Sothoth me salve — o olho trilobulado em chamas..."

Impressão e Acabamento
Gráfica Oceano